La
GRIETA

La GRIETA

Jorge Fábregas

NOS
TRA
EDICIONES

Respete el derecho de autor.
No fotocopie esta obra.

La grieta
Jorge Fábregas

Primera edición: Producciones Sin Sentido Común, 2015

D. R. © 2015, Producciones Sin Sentido Común, S. A. de C. V.
    Avenida Revolución 1181, piso 7,
    colonia Merced Gómez,
    03930, México, D. F.

Texto © Jorge Fábregas
Fotografía portada © Korionov, usada para la licencia de Canstockphoto.es
Fotografía en interiores © D1sk, usada para la licencia de Shutterstock.com

Edición: Norma Alejandra López Mohedano
Diseño y formación: Sandra Ferrer Alarcón

ISBN: 978-607-8237-88-3

Impreso en México

A Claudia,
porque la grieta es tuya desde el inicio.
A Íker, con amor.
A mi madre.

Índice

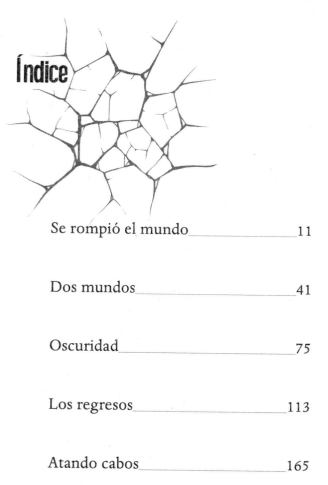

Se rompió el mundo

El comienzo

Llovió mucho ese mes de julio, más de lo normal, tal vez por eso el mundo conocido se agrietó en la esquina de mi recámara.

Comenzó a principios de mes, como una tira de papel tapiz mal pegada; partiendo del ángulo entre dos paredes, se abrió una ranura muy delgada como de veinte centímetros que se extendió al espacio vacío, era apenas lo suficientemente ancha como para poder asomarse a través de ella. Lo único que vi fue oscuridad, que no es lo mismo que decir nada, porque el espacio es algo y la grieta dejaba ver que ahí dentro existía algo tan grande o más que mi propia recámara. Si la grieta sólo hubiera sido un pliegue en el muro de piedra, habría pensado que se trataba de un simple hueco, algo así como un pasadizo en la misma construcción de la casa, pero, como ya dije, la fisura se extendía incluso en el espacio vacío, como si fuera un rayo de bicicleta que salía justo de la esquina. Lo más extraño era que me podía asomar por los dos lados de la grieta y percibir dentro de ese pequeño grosor el gran espacio. Algo había pasado con el material del que está hecho el universo, se había roto un pedacito de éste justo en mi recámara.

No me explicaba cómo es que precisamente a mí me estaba ocurriendo eso. ¿Qué tiene de especial un adolescente de catorce años, como para que en la esquina de su cuarto se rompa el mundo? ¿Por qué no le ocurrió a un científico, a un artista, o incluso, a Liborio, el maestro de física? Seguramente él sabría qué hacer en una situación así; siempre presumía que ningún tema sobre los adolescentes se le escapaba; al menos eso fue lo que me dijo cuando me mandó al examen extraordinario de su materia. Estaba completamente seguro de que me había sorprendido copiando en la evaluación final. Yo le quise explicar que más bien a mí me estaban copiando, que Rodrigo se estaba pasando de listo y que me había arrebatado mi examen, y entonces yo le había arrebatado el suyo, pero no me quiso escuchar.

—Abel, yo sé perfectamente cuando alguien está copiando, y usted lo estaba haciendo. De Rodrigo no debería dudar, porque su promedio es muy bueno, sin embargo, el que tuviera su examen en el mesabanco, me hace sospechar un poco.

—Pero, maestro, yo…

—Lo conozco, Abel, no diga nada.

Me quedó el consuelo de que la pequeña duda del maestro Liborio fue suficiente para mandar también a Rodrigo, el niño diez de la clase, a examen extraordinario. De nada le sirvió su promedio perfecto.

Tener que presentar el examen extraordinario significaba quedarme un tiempo más en la pensión para jóvenes donde me alojaba, y dejar de ver a mi familia que me esperaba, como cada fin de curso, en nuestra casa en Veracruz, donde no había *secundarias tan buenas* como a la que asistía en el Distrito Federal, donde impartía clases el *buenísimo*, maestro Liborio. Otra de las bondades de irme al extraordinario era que la pensión se había quedado vacía, todos mis compañeros aprobaron en el periodo ordinario de clases, así que estaba solo en la pensión con la señora Santibáñez, la dueña de la casa, una anciana semisorda que gustaba de ver telenovelas por las tardes; y aunque era muy amable, no representaba precisamente mi escena ideal de diversión y entretenimiento.

Así que cuando me puse a pensar sobre el porqué de la aparición de la grieta, no pude más que sonreír al darme cuenta de que no sólo la estructura del planeta se había quebrado, sino que mi propio universo personal estaba lleno de fisuras.

"Una grieta más para un descosido", me dije sin mucho ánimo, mientras observaba detenidamente la esquina de mi habitación y escuchaba, como ruido trágico de fondo, una tormenta llena de truenos escalofriantes.

Sin amigos disponibles, el futbol y las competencias con los juegos de video no eran más una alternativa de entretenimiento; sólo me quedaban dos opciones: estudiar física o explorar la grieta. No fue muy difícil decidir.

Las consecuencias

Conseguí una vieja lámpara de mano en la alacena de la pensión, con ella iluminé el interior de la fisura; el rayo de luz alumbró hasta donde la capacidad del foco alcanzaba, cuando mucho cuatro metros. El lugar era más amplio de lo que imaginé, obviamente había una gran cantidad de espacio que la pequeña linterna no podía alcanzar. Así que, echando mano de algunos ahorros, conseguí aparatos más potentes; pero siempre el resultado fue el mismo: sólo se iluminaba una parte del hueco, no había objeto alguno.

Decidí no revelar la existencia de la grieta. Tarde o temprano alguien la descubriría, pero mientras permaneciera aburrido en la pensión, sin otra cosa por hacer más que estudiar física, nadie me iba a quitar mi ocupación central. Empezaba a obsesionarme con ella, pasaba varias horas al día observándola, algo tenía que significar, para algo tenía que servir, por algo se debió formar. Tratando de encontrar respuestas a esas interrogantes me la pasé las primeras tardes después de su aparición. Si me hubieran observado mis amigos, habrían pensado que algo me derretía el cerebro, y es que el cuadro era increíble: yo, sentado, sin hacer nada más que observar la grieta, con toda mi atención y concentración en ella, parecía alguien de cien años, no de casi catorce.

Una noche soñé que el maestro Liborio me reprobaba definitivamente porque decía que yo había roto el mundo, me despertó una proyección luminosa en la pared frente a la grieta. Era un círculo perfecto de luz y se originaba precisamente en el interior del hueco, como si alguien estuviera adentro con una lámpara de mano y quisiera ver hacia el interior de mi habitación. Me asomé y efectivamente un punto luminoso se veía a lo lejos en la oscuridad; alocadamente casi meto mi boca en la ranura para dar algunas voces, pensé que una persona estaba ahí buscando salir de toda esa negrura. No recibí respuesta. Pasé toda la noche en vilo tratando de distinguir el punto luminoso. Gracias a mis observaciones, supe claramente que aquello se acercaba a velocidad continua.

Deseché que se tratara de un hombre cargando una lámpara, porque el movimiento era en línea recta, además la luz no se tambaleaba como si alguien que caminara la sostuviera. Era una luz fija.

Pasaron dos noches más mientras el círculo luminoso continuaba agrandándose, parecía el faro encendido de un automóvil. En la pared de enfrente se proyectaba la mayor parte del contorno de la grieta, que no permitía el paso del círculo perfecto.

Al poco tiempo, cuando me asomaba, ya ni siquiera distinguía la forma circular del objeto, deslumbraba tanto y estaba tan cerca que, incluso con lentes oscuros, sólo podía ver un gran resplandor. Lo que fuera, estaba a punto de llegar a mi habitación, la cual se había convertido en un espacio de día perpetuo; por la ranura salía una cascada intensa de luz que iluminaba las cuatro esquinas aún cuando era de noche.

Pasé una semana en la que apenas dormí, tanto por la luz, como por la espera del choque; era obvio para mí que esa luz se impactaría contra la grieta de la esquina de un momento a otro.

Algo iba a ocurrir, pero no podía decírselo a nadie, sentía una culpa enfermiza de que el universo se hubiera roto precisamente en mi habitación. Asumí la actitud de un niño que ante lo que ha estropeado guarda silencio hasta que un mayor lo descubre.

Otra de las emociones que sentía al respecto fue un discutible orgullo de saber que un choque de proporciones gigantescas iba a tener su primer punto de contacto en mi esquina. Gozaría del dudoso honor de ser el primero en morir antes que cualquiera en el Distrito Federal, el cual, seguramente, también sería arrasado por aquella cosa. Porque cuando un orden tan preciso como el del mundo tiene una falla, aunque sea tan pequeña como veinte centímetros, es de esperarse que una fisión nuclear o una reacción destructiva en cadena tenga efecto; bueno, eso es lo que yo pensaba.

Esperé con una actitud casi mística a que ocurriera el gran choque. No se me ocurrió estudiar para el examen, ya no había ninguna razón para hacerlo. Ni siquiera les hablé a mis papás para decirles que estuvieran preparados para el fin.

Una noche en la que estaba semidormido, entre pensando y soñando en lo que ocurriría con el impacto, un ensordecedor ruido como de un metal friccionándose me hizo despertar por completo. Tuve la certeza de que era el inicio del impacto, la luz que salía de la grieta se hizo más intensa y adquirió una tonalidad azul. Sólo atiné a ponerme la almohada sobre la cabeza, no quería ver cómo iba a morir. Pequeños fragmentos golpearon contra el interior de la habitación, muchos cayeron sobre mí; algunos, al pegarme, fueron especialmente dolorosos. Cerré los ojos con fuerza y esperé a que la muerte llegara de manera más contundente. Recibí algunos golpes más, pero en lugar de escuchar una gran explosión o ser consumido por el fuego, el ruido de la fricción se hizo cada vez menos intenso, hasta que desapareció por completo.

Pasaron algunos minutos de angustiante silencio. Me asomé tímidamente por debajo de la almohada, la luz había cambiado, era menos intensa y sólo iluminaba parte de la grieta. Me puse de pie poco a poco, cubrí mis ojos por si otro fragmento salía disparado; lentamente llegué hasta la abertura, la cual había expandido su grosor y longitud. Nuevamente apareció la densa negrura, pero únicamente del lado izquierdo, el lado derecho resplandecía con esa luz cegadora que antes lo cubría todo. De alguna forma, el objeto luminoso había cambiado su rumbo girando hacia la derecha, porque ahí estaba, pero definitivamente ya no se dirigía a chocar de frente contra mi habitación, la cual quedó cubierta de trozos de hielo, seguramente fragmentos del cuerpo luminoso.

Sentí que me había salvado por muy poco, no estaba muerto; vaya, tenía motivos para sonreír, y justamente eso hice cuando me asomé dentro de la grieta.

¡Era un hermoso cometa! Pasaron dos días hasta que la intensa luz del lado derecho se alejó lo suficiente como para que tomara forma de cometa, incluida una cauda de color platino. Con un pequeño telescopio seguí el curso del cuerpo celeste hasta que lo perdí de vista. Para ese entonces estaba convencido de que el espacio tras la grieta de la esquina era increíblemente vasto.

Terrible negrura

Aunque ya no había peligro de un gran choque, decidí continuar manteniendo en secreto la existencia de la grieta. Por alguna razón había aparecido en mi habitación, y nadie más que yo tendría derecho a asomarse a su interior… o a explorarla.

Con el incidente del cometa, la ranura se ensanchó lo suficiente como para que alguna de mis manos entrara en ella fácilmente. Pero una cosa es observar y otra, penetrar; ese gran espacio era otro mundo, otra dimensión. Podía quedarme sin mano, así que metí primero el palo de una escoba y lo dejé atorado para que estuviera en contacto con la negrura dos días con sus noches. Cuando el plazo terminó, saqué la madera, estaba intacta y, aunque eso no demostrara mucho, me comía la tentación por meter mi mano. Sin pensarlo, lo hice. Al principio no sentí nada y eso me pareció extraño, porque supuse que debería hacer frío allá adentro; y justo cuando lo pensaba, percibí una atmósfera gélida que heló mi mano. Me puse un guante y arreglé el problema. Adentro la temperatura era varios grados menor, pero nada que no se pudiera soportar estando bien abrigado. Deseé que la abertura fuera más amplia para poder meter mi otra mano, o incluso la cabeza. Después de dos días pude hacer ambas cosas.

Por alguna razón desconocida, la grieta se había hecho más grande, metí mi cabeza fácilmente y pude respirar con bocanadas pequeñas y muy continuas. Había menos oxígeno en ese espacio, tal como llegué a prever, aunque era suficiente para poder sobrevivir dentro de él.

Una noche en la que bajé a cenar con la señora Santibáñez todavía me sentía confundido con lo que debería hacer con la grieta. Parecía algo demasiado importante como para guardarme el secreto, como para que la conociera únicamente yo. Después de cenar, recibí una llamada de Veracruz, eran mis padres; mi mamá me dijo que me extrañaban mucho y que tanto mis hermanos como mis primos no dejaban de preguntar por mí. Al despedirnos, me di cuenta de lo poco que había pensado en mi familia en estos últimos días. La grieta acaparaba toda mi atención.

Cuando subí a la habitación me encontré nuevamente con el espacio abierto en la esquina, oscuro, misterioso, como una gran boca sin dientes que me retaba a hacer algo más que sólo contemplarla. Fue irresistible, al cabo de unos segundos, estaba convencido de lo que tenía que hacer.

Parecía un esquimal el día que pude entrar de cuerpo completo a la grieta. Me puse ropa interior de lana, varios pantalones y camisas, luego me cubrí con un abrigo nórdico, con todo y gorro; sin faltar las botas hasta las rodillas y dos pares de guantes. Até una cuerda a la base de mi cama y el otro extremo lo enrollé a mi cintura. Bajé poco a poco, esperando encontrar, según mi teoría, piso unos metros hacia abajo del borde de la grieta. Nuevamente estuve en lo correcto y aterricé en un suelo casi firme y muy extraño, porque no era de ningún material conocido, tenía una consistencia entre agua y arena. En cada paso me hundía algunos centímetros en aquel mar gomoso, cada movimiento de mis piernas se convertía en un esfuerzo penoso que, aunado a lo difícil que era respirar, me impidió alejarme mucho de donde había caído. Además de que no existía nada visible que me atrajera para separarme de la entrada. Mi lámpara alumbraba el camino hasta donde su potencia le permitía, así que, exceptuando ese débil rayo de luz, todo lo demás era oscuridad, no podía ver ni siquiera mi propia mano al pasarla frente a mi cara. Mi teléfono celular estaba muerto, no tenía señal. La terrible negrura, no saber si a un centímetro de distancia se escondía un gran peligro y la desorientación completa que me causó no ver nada, fueron las razones que me hicieron regresar –con el corazón agitadísimo, como si tuviera un niño llorón clavado en el pecho– al borde de la grieta. Subí penosamente hasta entrar en mi habitación. Aquello me pareció terriblemente desolador y desconcertante, era lo más cercano al concepto de la nada sobre todo lo que hubiese conocido.

No puedo mentir, sentí mucho miedo. Ese gran espacio oscuro representaba potencialmente la suma de todos mis temores. Realmente no sabía que existiera algo peligroso en ese espacio, pero, precisamente porque no sabía nada del lugar, porque no alcanzaba a ver ni mi nariz dentro de él, es que existía la posibilidad de que pudieran estar ahí las cosas que detonaban mis miedos. La duda me golpeaba con todo el peso de la oscuridad de la grieta; seguramente existía algo ahí dentro que no era muy agradable como para enfrentarlo.

Consideré que no era capaz de vencer todos mis miedos de golpe; así que asumí la parte infantil de mi edad, me puse a practicar en solitario un juego de video e ignoré la grieta por completo.

¡Ah, Laura!

Al día siguiente estuve muy poco tiempo en mi cuarto, lo dejé cerrado con llave. Me fui a un parque cercano a estudiar para el examen de física. Encontré una buena sombra de árbol, abrí el libro y me recargué en él; era bastante grueso y de papel muy suave, así que me sirvió a la perfección como almohada. Cuando me encontraba examinando a un insecto extraño que se columpiaba entre las hojas y que se dirigía justo a mi nariz, escuché una voz.

—¿Estás dormido?

Era Laura, la chava más bonita de segundo de secundaria, y estaba allá arriba, enmarcada por el follaje del árbol. Me levanté de inmediato.

—Estoy estudiando –le dije apresuradamente, mientras el libro de física permanecía tirado en el pasto.

Laura lo notó e intentó recogerlo, pero yo me adelanté, bajé más rápido que ella y no pude evitar estrellar mi frente contra la suya. Nos dimos un tremendo *cocotazo*, como diría mi mamá.

—Perdón –fue lo único que se me ocurrió decir. Pero fui más atinado con lo que hice: le sobé su hermosa frente. Comenzamos a reír sin control, hasta que, entre risas, recordé que ella no sabía mi nombre.

—Me llamo Abel, soy de Veracruz.

—Ya sé. Me lo dijo Alejandro. Y también me dijo que podías ayudarme en un examen.

—¿Te fuiste a extraordinario?

—De español.

—¡Ah, bueno, de español!, con esa materia no tengo ningún problema.

—Que te tronaron en física, ¿verdad?

—Sí, ya sabes, el maestro Liborio está reloco.

—Me va a tocar el próximo año… Bueno, ¿sí me podrías ayudar con el examen?

—Claro, ¿ahorita?

—No, no traigo mis libros; tal vez mañana.

—¿Te hablo?

Laura registró mi número de teléfono en su celular y se fue caminando, mientras yo seguía cada uno de sus pasos, ¡qué linda estaba! y ¡qué bonita voz tenía! De puro gusto le di un *patadón* al libro de física, que se deshojó mientras volaba por los aires. Recogí rápidamente las hojas y corrí a la pensión, tenía que liberar mi energía, y vaya que Laura me había prendido. Era obvio que le gustaba; se había informado muy bien, y el tal Alejandro, un cuate del salón con el que casi nunca había platicado, se estaba convirtiendo, de pronto, en un aliado maravilloso. Mira que decirle a Laura que yo era bueno en español, ¡qué considerado!

Entré a mi recámara, ahí seguía la boca negra, retadora. No sé si fue el recuerdo de los vellitos apenas perceptibles que noté en la frente de Laura mientras se la sobaba, o la certeza de que, de haberse presentado sólo cinco segundos antes me hubiera pillado con un dedo escarbando dentro de mis fosas nasales, pero de algún lugar surgió el valor que había perdido.

Tenía que volver al interior de la grieta, lo tenía que hacer por Laura, pero, principalmente por mí.

Explorador

Asumí que yo era un explorador, un pionero de ese nuevo mundo, y que, como tal, me debería comportar valientemente y no sólo con espíritu aventurero y temerario, sino también científico. A final de cuentas, yo y sólo yo tenía acceso a ese espacio oscuro; nadie más podría determinar las leyes físicas y las características que lo distinguían. Formulé teorías, dibujé mapas y me dispuse a comprobar mi trabajo de escritorio en la práctica, dentro del espacio de la grieta.

Según mis diagramas, el piso del nuevo mundo se extendería ilimitadamente hacia los lados, es decir, alrededor del espacio conocido; pero, hacia el frente, extendiendo una línea vertical a partir de mi habitación, el suelo se acabaría de pronto, en un abismo de negrura. Mis mapas y diagramas se asemejaban a la topografía marina y continental; consideraba a esa negrura como un gran océano de espacio, y al piso como una especie de talud continental o rebaba de nuestro mundo conocido.

Para comprobar mi tesis até varias cuerdas hasta conseguir una longitud aproximada de doscientos metros. Tuve que sacar los muebles de mi habitación, porque las sogas ocupaban la mayor parte de su espacio. Justifiqué la acción con la pensionaria diciéndole que iba a realizar una limpieza a fondo de mi cuarto.

Por fin, luego de respirar profundamente para tranquilizarme, entré a través de la grieta y comencé a caminar con dificultad. Con cuidado conté cada uno de mis pasos hasta llegar al límite de la extensión de las cuerdas. Para no variar, mi corazón latía desenfrenadamente, debido a una combinación por el esfuerzo realizado en esa superficie y la emoción de estar tan alejado del otro extremo de la cuerda.

Nuevamente intenté tranquilizarme, después de todo no parecía existir ahí ningún precipicio, ni ninguna amenaza topográfica que me hiciera caer o perder el paso.

Pensé que el suelo se podría extender incluso varios kilómetros, en un amplio y plano valle oscuro.

Regresé a mi habitación cuidando nuevamente cada paso. Aunque me había parecido una eternidad, comprobé que había estado fuera apenas quince minutos, tiempo no suficiente para cubrir la amplitud de aquel suelo, pero sí para perder el miedo a la gigantesca oscuridad.

En los siguientes días pasé tantas veces por el hueco, que probablemente estuve más tiempo ahí que en el mundo conocido. Descubrí que el piso gomoso era imposible de atravesar o fracturar; lo intenté con palas, picos, perforadoras... ¡Imposible, no pude extraer ni siquiera una pequeña muestra de su materia! Me hice cada vez más hábil para caminar en la oscuridad, tomé como base únicamente dos puntos de referencia, la luz de mi lámpara y el resplandor de la grieta: ventana solitaria iluminada por el foco siempre encendido de mi habitación. También adquirí mayor destreza en mis desplazamientos, podía recorrer más distancia en menos tiempo y esfuerzo. En general me adaptaba muy bien a ese entorno oscuro; pero, en la misma medida, mis facultades en mi ambiente común estaban mermando. Por la forma de respirar entrecortada, algo les pasó a mis bronquios cuando respiraba la cantidad de oxígeno normal, pues contraje una especie de asma; mi vista tampoco era la misma, me molestaba la luz y me era difícil distinguir los objetos lejanos.

La grieta seguía obsesionándome; no lo comprendí en ese entonces, pero lo cierto es que me estaba convirtiendo en un ser diferente. Ya no bajaba a comer mis alimentos, le pedí a la pensionaria que me pusiera los platos de comida en una bandeja, fuera de mi puerta. En más de una ocasión dejé los alimentos intactos.

El tiempo que pasaba en el hueco hacía que me olvidara hasta de comer. Comencé con una rutina diaria de caminar en la grieta cuatro veces al día, dos por la mañana y dos por la noche. Gané mucha confianza, me aventuraba en la periferia más cercana sin cuerda; mi orientación era cada vez mejor y no tenía problemas para regresar al punto de partida. Hasta llegué a dormir mis horas de sueño normal recostado en el suelo gomoso, que por cierto, resultó ser muy cómodo.

Vocecitas burlonas

Una noche en la que me encontraba recostado en el interior de la grieta, cubierto con varios edredones y en medio de esa oscuridad absoluta, pensé que ese nuevo mundo era, además de misterioso, también algo aburrido: no había ni pasaba nada. Todo era oscuridad y gran extensión de piso blando, ni rastros del luminoso cometa, ni de cualquier otra cosa que pudiera ser un poquito emocionante. ¡Fue entonces cuando lo olí!

Era un olor extraño, entre perro mojado y aliento a ajo. Enseguida del olor, percibí la presencia de alguien, una vocecita burlona me susurró al oído lo estúpido que era. Reacioné dando un manotazo, me encontré con algo sólido que estaba apenas a un centímetro de mi cabeza. ¡Había alguien junto a mí! Me incorporé de inmediato.

—¿Quién es? —dije, pero en lugar de recibir una respuesta, escuché otra voz, tan cerca de mi oído que sentí el vapor de su aliento, el dueño de esa voz olía a sudor mezclado con ajo.

Volví a respingar y alcancé a rozar a la nueva figura; luego escuché una, dos, tres voces diferentes más, todas se burlaban de mí.

Lancé manotazos y maldiciones; las criaturas se burlaban de mi impotencia para desenvolverme en la oscuridad. No tenía miedo, al contrario, estaba muy enojado, tanto, que perdí el control de mis movimientos y emociones, me arrojaba contra ellas sin importar si me lastimaba en el intento o no. Grité tan fuerte que casi de inmediato me lastimé la garganta y enronquecí. Me guiaba por el sonido de sus voces. A una casi la atrapo, pero se me escapó entre las manos; a otra alcancé a golpearla con la rodilla, pero aparentemente no le causé el menor daño. Continuaban riéndose de mí, al tiempo que me insultaban con palabras que me herían profundamente. Esos seres conocían muy bien mi vida, me recordaban todos y cada uno de los problemas que me habían afectado; si me orinaba de chico en la cama, si tenía miedo de estar solo, si extrañaba Veracruz, si era un tonto por haber reprobado física. De pronto estaban arriba de mí, luego abajo, a un lado; se movían rápidamente. Me lancé unas veces más contra ellos, tiré golpes al aire y nada, sólo conseguí cansarme brutalmente; las risas y los insultos aumentaron, parecían un enjambre de abejas burlonas que en lugar de zumbar, gritaban y se reían alrededor de mi cabeza.

—¡Basta! –grité con todas las fuerzas que me quedaban; caí al suelo esperando el último ataque, pero no ocurrió. Todo estaba silencioso, se habían ido.

Sonreí triunfante, pensé que las criaturas se habían espantado con mi grito. Poco a poco me incorporé mientras recuperaba el ritmo normal de mi respiración; de pronto, mi corazón nuevamente comenzó a latir muy aprisa, el esfuerzo no era la causa, era el miedo: a mi alrededor sólo reinaba la oscuridad, por ningún lado se veía el punto de referencia que representaba el resplandor de la grieta de entrada a mi cuarto. Una corriente helada circuló por mi cintura, no tenía atada la cuerda, estaba perdido en medio de la negrura.

A lo lejos se escuchó una risa burlona.

Hermoso y ansiado dolor

Oscuridad total, ningún punto de referencia que me pudiera guiar; como si nada existiera, como si yo no existiera. Mis sentidos estaban alerta, pero había muy poco para percibir, nada se veía, a nada olía, tampoco nada se escuchaba, sólo podía tocar mi propio cuerpo o el suelo. No debía estar muy lejos de la grieta, la cuestión estaba en elegir el camino correcto, porque si equivocaba la dirección entonces sí me perdería en ese gigantesco espacio de sombra. Lo más terrible era que con tanto giro, carrera y golpes que lancé contra aquellos seres, perdí cualquier sentido de orientación, no sabía a dónde ir. Al azar, tomé la decisión de seguir un camino en línea recta, estaba seguro que hacia donde me dirigía se encontraba mi habitación, lo presentía. Conté los pasos que consideraba suficientes para aproximarme a la luz de mi habitación, ahí debería de estar, y nada. Caminé un poco más, ni rastros de luz.

Había equivocado el camino, mi seguridad se vino abajo.

No podía creer que me hubiera alejado tanto. Procuré dar una media vuelta perfecta, para caminar el mismo número de pasos y regresar al punto de origen. Así lo hice, e intenté por otro rumbo. El riesgo del plan radicaba en no caminar en línea recta o que, al dar la media vuelta, me equivocara de dirección; bajo esa oscuridad un error era muy probable. Llevé a cabo la operación cuenta pasos en todas las direcciones posibles pero no encontré la salida de la grieta.

Fue evidente que la estrategia había fracasado, así que me puse a vagar sin rumbo hasta que caí rendido, tenía que dormir. Pensé que el cansancio confundía mi orientación e impedía que coordinara mis pasos. Extraviado, dormí en ese limbo oscuro de coordenadas inexistentes.

Cuando abrí los ojos, me pareció que seguía con los párpados pegados a ellos. Tener la capacidad de ver me servía para muy poco. Reanudé la búsqueda, ya no tenía sueño, sólo un poco de sed. Luego de seguir tres rutas sin encontrar la grieta, me atacó un sentimiento de pánico. Lo sentí en mi boca como una bola densa y pegajosa que me costó mucho trabajo tragar. Mi plan había fracasado, estaba más lejos que al principio, había equivocado los caminos.

Seguí caminando sin plan alguno. No sé cuántas horas estuve andando como un autómata, pero mis pasos eran cada vez más cortos y respiraba con mayor dificultad. Estaba derrotado anímicamente, las criaturas estaban consiguiendo su propósito, que era muy claro para mí: querían que me perdiera para siempre.

Me senté, estaba realmente triste y frustrado. Tenía que descansar nuevamente, me sentía muy débil, derrotado. Al mismo tiempo estaba muy enojado conmigo, los seres burlones me habían derrotado y yo no podía hacer otra cosa más que llorar. De la tristeza pasé a la furia, me puse de pie y comencé a lanzarles insultos a aquellos entes. Les grité e hice señas groseras pensando que ellos sí me podían ver. Entonces oí una risa burlona a lo lejos. ¡Eran ellos!, ¡seguían burlándose de mí!

Cerré los ojos y corrí con todas las fuerzas que me quedaban en dirección a la risa. Fue una carrera de loco auténtico. Estaba a punto de caer exhausto cuando algo se interpuso entre mis pies, pensé que una de las criaturas me había hecho tropezar, caí pesadamente y di varias vueltas; rápidamente calculé en donde se encontraría la criatura que me hizo caer, me incorporé y me lancé al vacío, logré atrapar algo: ¡era uno de mis edredones! ¡Estaba en el punto de origen!

La grieta tenía que estar muy cerca, y sin embargo, no se veía la luz de mi cuarto.

Me arrastré, a tientas intenté descubrir un entorno conocido, hasta que encontré la cuerda. Subí trabajosamente hasta llegar al orificio de la grieta, que estaba cubierto con otro de los cobertores, lo quité de un manotazo, el resplandor del foco de mi recámara se estrelló dolorosamente contra mis ojos, ¡hermoso y ansiado dolor!

Dos mundos

¿Qué hago aquí?

Nunca me había dado cuenta de que el salón de clases fuera tan luminoso. Ahí estaba, sentado, tapándome los ojos, tratando de acostumbrarme a esa luz insoportable, mientras intentaba recordar algo de lo poco que había estudiado sobre física. Estaba a punto de presentar el examen y mi mente no lograba fijarse en un solo recuerdo sobre la materia.

¿Cuáles son los temas principales?, ¿qué es la física?, ¿por qué instalaron estas lámparas tan potentes?, ¿qué hago aquí? Todo eso me preguntaba sin obtener una respuesta, entonces una pregunta más se añadió a las mías:

—¿Se encuentra bien, Abel?

"No, no me encuentro bien –respondí mentalmente–, es más, no sé bien ni dónde estoy, ni por qué me encuentro así y aquí."

"¿Qué le pasa, Abel?", volví a escuchar. Reconocí esa voz, era el maestro Liborio. Tallé mis ojos y logré enfocar la figura del maestro que estaba frente a mí, ¿se le veían menos arrugas en su cara o era que no las podía distinguir bien? Alrededor mío estaban todos los que iban a presentar el examen, incluso Rodrigo, quien me miraba con cara de no tener ni la más remota idea de qué me ocurría.

—Estoy bien, sólo un poco desvelado, porque estudié toda la noche, maestro –atiné a responder con una lucidez que me saqué del último rincón del cerebro.

—Qué bueno, eso significa que ya no lo tendré nuevamente por aquí.

Así respondía siempre el maestro Liborio, con la intención de hacer sentir mal a sus inofensivos alumnos.

Tenía el examen frente a mí, pero era como si tuviera sólo una mica transparente, no podía entender absolutamente nada de lo que estaba escrito. No sólo porque fueran complicadas las preguntas, sino porque mi atención estaba en otro lado, a dos mesabancos de distancia, con Rodrigo, el culpable de que me encontrara en ese momento presentando un examen extraordinario. Era verdad que yo le había dado mi examen para que me lo resolviera, pero gracias a sus quejas, el maestro Liborio había notado la maniobra y eso sí que me había enojado.

Justo ahí, mientras tenía frente a mí el examen, sentí que Rodrigo me debía mucho y tenía que pagarlo.

No podía quitar mi concentración de sus ojos, en ese momento atentos al examen, pero que minutos antes me habían mirado sorprendidos y al mismo tiempo burlones. Comencé a sentir un gran odio en contra de Rodrigo, era como si un túnel de tinieblas sólo tuviera un fondo luminoso y en él estaba la carota de Rodrigo, burlándose de mí.

No aguanté más, le pregunté a Rodrigo por qué se burlaba de mí. No me respondió a la primera, así que seguí insistiéndole; primero con voz baja y después con el volumen normal de la voz. Finalmente Rodrigo me dijo que lo dejara en paz; así que volví a preguntarle lo mismo, sin darme cuenta que había sido demasiado. El maestro Liborio le quitó el examen a Rodrigo, admito que me alegré, pero el gusto me duró muy poco, con un movimiento rapidísimo, el maestro también se llevó mi examen.

—Los dos se irán a segunda vuelta de examen extraordinario –dijo el maestro.

Rodrigo salió rápidamente del salón, ni tiempo me dio de preguntarle nuevamente por qué se burlaba de mí.

Ya de salida, en los patios de la escuela, escuché una voz femenina que gritaba mi nombre. Cuando la gritona estuvo frente a mí, me costó trabajo reconocerla, era Laura, mi mente todavía no lograba desapegarse del interior de la grieta, no asociaba el mundo oscuro y frío del que acababa de salir con el ordinario.

—Te ves muy mal, ¿qué te pasó?

Ahí estaba esa niña, con una pregunta muy tonta en sus labios; lo más cortés que se me ocurrió decir luego de todo lo que había vivido fue:

—Tú no sabes nada.

Seguí mi camino, ignorándola. Laura intentó decir algo más, pero no pudo articular palabra; creo que nunca esperó esa actitud de mi parte.

Ya de regreso en la pensión, me topé con un ser patético, estaba frente a mí, en el espejo de la sala. Por eso todos me preguntaban si me había pasado algo, me veía ridículo con mi abrigo de esquimal descompuesto; debajo de él sobresalía una camiseta larga y sucia. Mi cara era tema aparte; tenía unas profundas ojeras, los ojos hinchados y rojos, y para acabar con el cuadro, mi cabeza era una plasta grasosa, llena de pelos desordenados en forma de gallos.

Por un momento sentí lástima de mí mismo, pero muy pronto el sentimiento cambió, ¡me había ido a segunda vuelta de examen extraordinario! Eso sí que estaba mal, pero Rodrigo no era quien se burlaba de mí, ¡eran las criaturas de la grieta! Me había confundido al estar desorientado por el cambio de mundos.

Estaba muy enojado. Impulsivamente borré todos mis contactos de las páginas sociales y también me borré a mí mismo; *tablet*, celular, computadora, todo lo que en gran medida me hacía sentir vivo hasta hace muy poco tiempo, ahora me parecía innecesario; estorbos nada más.

Nueva estrategia

Cuando regresé a mi habitación, luego de darme cuenta de que las alimañas de la grieta habían tapado la entrada con uno de los cobertores, noté que mi reloj calendario eléctrico marcaba el día exacto en el que se suponía sería el examen extraordinario de física. No sé cuánto tiempo pasé en el interior de la grieta, lo que sí supe fue que dentro del hueco el tiempo corría en forma distinta, porque podía hacer muchísimas cosas dentro y afuera apenas se movían las manecillas del reloj. ¿Había más tiempo disponible dentro de la grieta?

Tenía mucha hambre y sed, eso sí, así que bajé corriendo a la cocina y comí lo que encontré en el refrigerador; luego salí rumbo a la escuela, mientras trataba de pensar en el examen y no en lo que me había ocurrido en el gran espacio oscuro; sin embargo, no pude alejar de mi mente lo ocurrido en el interior de la grieta, por eso los ojos de Rodrigo me recordaron a las sombras que me habían atacado.

Ya de regreso en la pensión, y posteriormente en mi recámara, frente a la grieta, mis pensamientos eran claros, no había ninguna confusión en ellos, sabía perfectamente lo que me disponía a hacer.

Construí una trampa como para conejos de setenta kilos. La hice con el resto de unas maderas que había en la bodega de la pensión. Me quedó un poco burda, pero funcionaba igual que las pequeñas que había fabricado de niño en los *boy scouts*, cuando salíamos de excursión a Jalapa. Lo único que me faltaba era buscar una carnada, ¿qué podría gustarle a esos seres?, ¿qué cosa los haría caminar hasta meterse debajo de una caja, tomar la carnada y accionar así el sistema que las aprisionaría? La respuesta era muy sencilla: yo mismo.

Después de todo, se habían acercado a molestarme, yo era su blanco, era su interés. Así que, como se atrapa a un mosco que zumba en la noche, dejando la cara a su merced para luego aplastarlo con una almohada, entonces me dispuse a pescar a uno de esos seres. Los dos quedaríamos atrapados dentro de la caja, y entonces sí, adentro con él, podría aprisionarlo con un abrazo de oso; ellos eran más rápidos, pero estaba seguro de que yo era mucho más fuerte.

Fue difícil regresar al interior de la grieta. Lo admito, tenía miedo de volverme a perder en esa terrible oscuridad. La primera noche (con la caja sobre mí, sostenida por una rama que quitaría de inmediato al sentir la presencia de una de las alimañas en el interior) no pude conciliar el sueño, estaba demasiado concentrado en lo que tenía que hacer.

Fue hasta la cuarta noche en que escuché nuevamente las horribles voces de las criaturas, pero siempre a lo lejos. Gritaban y se reían, pero no se acercaban a la caja. En la quinta noche, ni siquiera escuché un gritito. En la sexta, al fin tuve a un huésped en la caja.

"Perdón", fue lo único que alcancé a escuchar. De inmediato accioné la trampa. La caja cayó sobre mí y sobre una de las criaturas. ¡Al fin había atrapado a alguien! Sentí su cuerpo junto al mío y de inmediato traté de atraparlo.

La criatura era más grande y pesada de lo que me había imaginado. Y tenía una voz muy distinta, nada aguda, más bien grave. También era fuerte, en un momento logró tomarme de las dos manos y muy alterado me preguntó: "¿Por qué me agredes, muchachito del demonio?"

En busca de Olaguibel

Era obvio que esa persona no pertenecía al mundo oscuro, era un ser humano, pero por el hecho de estar en el interior de la grieta no podía fiarme de él. Encendí la lámpara y le iluminé el rostro.

—Usted es... ¿una criatura de la noche? —atiné a preguntarle.

—¿Estás loco? Me llamo Efraín, soy un hombre, quítame esta caja de encima.

—No puedo —más bien tenía miedo de hacerlo, yo desconocía de qué eran capaces las sombras, tal vez podían transformarse a voluntad.

—Por lo que veo esta caja es tuya, y no sólo eso, también es tuyo este piso blando, tan difícil para caminar; esta oscuridad abominable, este frío insultante y este oxígeno mal hecho. ¡Pero qué ganas de complicarse la vida, hombre! Todo esto es tuyo, lo malo no niega su origen.

—Si no es una criatura de la oscuridad... ¿entonces qué hace aquí?

—Creo que te refieres a esos seres que rondan por aquí, los que sólo dicen tonterías y le pican a uno el ombligo, también esos seres son tuyos, hablan mucho de ti. Veme bien, ¿te fijas?, no soy tan feo, ni tan tonto como esas cosas grises... ¡Ah, estás molesto porque invadí tu propiedad! Ya lo comprendo, por eso me atacaste...

—No...

—Mira, perdí algo por aquí, pero como todo está tan oscuro, no logro encontrarlo, a pesar de que mi objeto extraviado es muy brillante.

—¿Hay más grietas en otras partes? –le pregunté sorprendido.

—¿Grietas...? ¿Te refieres a...? ¿No creaste tu propia entrada? Ahora me explico la calidad tan atroz de este mundito oscuro; entraste al gran espectáculo por debajo de la carpa, un oportunista ignorante con un mar de creación en sus manos que le ha sido regalado por un error de estructuras. Vaya suerte de reyes para un tonto.

—No entiendo lo que dice; pero no me insulte, acuérdese que está en mi caja.

—¡Orgulloso también! No sólo eres dueño de esta caja, eres dueño de este espacio oscuro repugnante, donde todo es difícil. Al menos le hubieras puesto un poquito de luz, un piso más firme, decorados, no sé, aire puro…

—Pero, yo no hice todo esto. Es un espacio que estoy explorando… no tiene nada que ver conmigo, ya estaba aquí cuando se abrió la grieta, igual que el mundo conocido.

—¡Qué fácil es hacerse a un lado! No seas irresponsable. Sobre el mundo conocido, como lo llamas, no digo nada, es demasiado complicado; pero sobre estos espacios de creación, amigo mío, puedo asegurarte que todo lo que exista en ellos depende de su creador en jefe. Y en esta extensa oscuridad, el creador en jefe eres tú.

—¿Y usted?

—No, tengo mi propio espacio, y no es por nada, pero lo llené con cosas mucho mejores que las tuyas. Vamos, ya déjame salir.

Levanté la caja. Efraín salió de inmediato, tomó la lámpara y me alumbró con ella, me miró detenidamente.

—Estás enfermo de los pulmones y de la vista. Te has metido al juego sin conocer sus reglas. Más que jugarlo, está jugando contigo, y estás perdiendo. Te está afectando y ni siquiera sabes por qué. Tampoco sabes cómo jugar mejor, o cómo salirte del juego. Verdaderamente eres un caso triste.

—¡Bueno, ya! En lugar de criticarme tanto, dígame cómo le puedo hacer para…

—¿Jugar mejor? No, perdería mucho tiempo y estoy buscando algo.

—¿Qué busca?

—Busco a Olaguibel.

—¿Es alguien como usted?

—No, es mi cometa. ¿Ves lo que te digo? Admito que conmigo está pasando lo mismo, aunque en menor grado, el juego está jugando conmigo. Yo fui el creador del cometa y ahora se me escapa de las manos y lo busco en estos alejados rincones; ya no lo controlo. Claro que no he llegado a tus extremos, eso de olvidar o no saber lo que uno ha creado en su propio mundo es demasiado horrible. He visto muchas personas como tú, pero todas ellas en el mundo conocido.

—Su cometa pasó por aquí hace algún tiempo. La última vez que lo vi se dirigía al lado derecho del espacio negro.

—¿Ah, sí? Ésa es una información muy importante. Olaguibel tiene un carácter muy cambiante, de pronto decidió que tenía que viajar y viajar, claro, es un cometa y ésa es su naturaleza, pero lo extraño. Bueno, te perdono por lo que me hiciste. Me voy hacia el lado derecho de tu espacio.

No podía permitir que se fuera así como así, Efraín sabía mucho sobre el espacio de la grieta, tenía que darme más información.

—Espere, necesito saber más.

—Ya lo sabes todo, sólo que lo has olvidado. Tú no merecías esta oportunidad, pero por alguna razón la tienes en tus manos, lo único que has hecho hasta ahora es desaprovecharla y dañarte a ti mismo. Es tu juego, puedes ganarlo. Pero no creo que tengas ni la paciencia, ni el talento para eso.

—¿Pero qué debo hacer?

—Lo más difícil de hacer para cualquiera del mundo ordinario: controlar su propio juego. Esta negrura es tuya, las tontas criaturas son tuyas, gana, no pierdas. Ya me cansé de explicarte lo mismo, me voy, extraño a Olaguibel.

Con paso firme, Efraín se perdió entre la oscuridad.

Contrólalos. . . pero ¿cómo?

Realmente las palabras de Efraín no me sirvieron de mucho, se parecían demasiado a la de los maestros que repiten una y mil veces que debemos estar tranquilos y felices, pero que nunca dicen cómo hacerlo.

"Contrólalos", me dijo, órale, pero, ¿cómo? Lo que sí me sirvió fue saber que otros tenían un espacio parecido al mío, y eso precisamente fue lo más valioso para mí en ese momento, saber que el espacio era mío y de nadie más.

Las alimañas, según Efraín, me pertenecían, eso me dio esperanzas de tener control sobre ellas. Eran mías, pero como se dieron cuenta de que sobre mi título de propiedad sobre ellas yo no tenía ni idea, se estaban rebelando. Quería que se enteraran de que ya sabía, así que comencé a chiflarles como si fueran perros, los animé a que llegaran hasta mí. "Vamos muchacho, ven aquí, corre, ven con papi", les grité varias veces, también les dije en voz alta que yo era su amo, que tenían que obedecerme.

No pasó nada. Un tanto desilusionado, me dispuse a subir a mi cuarto, estaba a punto de entrar en él cuando escuché muy cerca de mí un coro de risas burlonas. Me enojé mucho y las risas se hicieron más sonoras.

En mi recámara tuve la certeza de que las alimañas estaban jugando conmigo; sabían que yo era el jefe, pero, como había entrado al espacio más bien como víctima, ahora se estaban aprovechando. Tenía que aprender a controlarlas.

Efraín dijo que era mi juego y que podía ganarlo si lo controlaba, bien, yo me seguía haciendo la misma pregunta: ¿cómo? Ciertamente tenía razón en eso de que las criaturas estaban muy apegadas a mí, porque cuando se rieron a mis espaldas me di cuenta de que podían percibir mis emociones, se rieron más fuerte cuando me enojé más. Igual pasó cuando me perdí en la negrura de la grieta, las alimañas habían aparecido para entretenerme primero y luego para hacerme enojar.

Tenía que pensar con más cuidado la situación, verla desde todos los ángulos posibles; me pareció que si me hacía cargo de otros asuntos podría despejar mi mente. Y vaya si tenía otros asuntos pendientes, estudiar física era uno, pero el más importante se llamaba Laura. Había sido muy grosero con ella después de que el maestro Liborio me mandara a segunda vuelta de extraordinario. En ese momento tenía clavado en mi mente el interior de la grieta y a las alimañas, ellas me obligaron a hacer lo que nunca hubiera pensado que podría: alejar a Laurita de mi presencia. Vaya que había sido muy tonto.

Le escribí en Facebook a mi nuevo amigo Alejandro, le agradecí que le hubiera hablado a Laura de mí, le dije que siempre lo había considerado como mi cuate aunque casi nunca habláramos de nada, fui hipócrita un rato más, hasta que conseguí el número de teléfono de Laura. Alex, que parecía muy entusiasmado con su nueva amistad, me dio el teléfono de inmediato, quiso platicarme sobre otros temas, pero yo ya había conseguido lo que quería, así que cerré la plática.

La voz de Laura también se oye muy bonita por teléfono. Le dije que tenía que hablar con ella, que le quería platicar sobre algo que me pasaba; ella me pidió que se lo dijera por teléfono, pero le dije que no se podía, que era mejor en persona, y bueno, no resistió el misterio y nos quedamos de ver en el parque.

Cuando me dirigía al parque, una auténtica bola de nerviosismo se formó arribita de mi estómago; la bola hacía que respirara muy rápido y que me sudaran las manos, me las iba secando con las mangas de la camisa una y otra vez, no quería tener las manos húmedas en mi primera cita. Llegué como media hora antes de lo pactado, mala estrategia, porque ahí, sentado en una banca, la bola que traía creció mucho más. Estaba nerviosísimo, ésa es la pura verdad.

Diez minutos después de lo acordado y cuando estaba secando por enésima vez mis manos, llegó Laura. "Hola", nos dijimos casi al mismo tiempo. Laura tenía una pequeña mancha en su blusa, y sin que se me ocurriera otra cosa, se lo dije; ella no la había visto porque se apenó mucho y de inmediato se puso muy seria. ¡Qué menso! Fue como si a mí me hubiera dicho, antes que cualquier otra cosa, que me sudaban las manos.

Quise arreglar el asunto, pero la bola de nerviosismo se me atoró en la garganta:

—Eeeste… qué bonitos tienes los vellos… digo, sí…

—¿Qué? –me contestó ofendida, como si estuviera invadiendo su intimidad.

—Sí… los de tu frente y los que tienes en la nuca…

—Mmm… gracias, ¿y qué querías?

—Eesteee… hablar contigo…

—Dijiste que yo no sabía nada.

—Sí, digo… no, sí sabes, pero no todo.

—Pero qué no sé, Abel, no te entiendo…

La estaba perdiendo, Laura se estaba impacientando y tenía razón; no me salían las palabras, y las que sí podía decir eran muy tontas.

—Es que no te lo puedo decir.

—Mira, Abel, ya me tengo que ir, voy a ayudar a estudiar a mi amiga Tania para su examen de español.

La bola aumentó un kilo más, le di una palmada a mi pecho.

—Perdón, no te había preguntado, ¿cómo te fue en el tuyo?

—Bien, ya lo pasé, pero a mi amiga la mandaron a segunda vuelta.

—Como a mí.

—Dicen que estuviste copiándole otra vez al pobre Rodrigo.

—Sí, ese Rodrigo está mal, se puso a hablar en voz alta. Y el maestro Liborio siempre le hace caso.

—Pero a Rodrigo también lo mandaron a segunda vuelta.

—Pues sí…

—Bueno, ya me voy.

Se puso de pie, de manera instintiva la tomé de su brazo y la hice regresar a la banca. Después de todo, el espacio de la grieta era mío, yo no era como cualquiera, poseía algo que al menos me hacía diferente de los demás frente a Laura, y eso tenía que representar para mí algún tipo de capital o atractivo.

—¿Qué quieres? –me preguntó un poco molesta.

Con todo y bola, me concentré en lo que tenía que decirle a Laura.

—Mira, la verdad es que no sé bien cómo decirte… el día del examen cuando nos encontramos en la escuela… este… soy diferente, he vivido cosas que no te puedo decir, pero soy diferente…

—¿Por qué? ¿Diferente a quién?

—A Rodrigo, por ejemplo… bueno, cualquiera es diferente a Rodrigo… lo que te quiero decir es que ese día estaba un poco…

—¿Alterado?

—Sí, eso, estaba alterado.

—Eso le pasa muy seguido a mi papá. Se pone muy enojado.

—Bueno, no, no es igual a eso… no sé cómo decírtelo, la cosa es que me sentía muy mal, pero no contigo, tenía que resolver un problema. Discúlpame, se me va la onda, como cuando te di mi teléfono, pero no te pedí el tuyo… perdóname.

—Está bien. Ya me tengo que ir. Gracias por disculparte.

Laura se acercó y me dio un beso en la mejilla. Olía muy rico, ¡y qué labios tan suaves tenía! Mientras la vi alejarse, todavía feliz por ese besito y con el olor de su perfume de flores impregnado en mi nariz, me di cuenta de que había encontrado la manera de atrapar a las criaturas de la oscuridad. Observé mis manos, estaban perfectamente secas. La bola se había consumido.

Cuestión de control

Desde mi cama vi la silueta que se asomaba del interior de la grieta. Respiré profundamente para darme valor; me levanté poco a poco, sin hacer ruido, caminé hasta la grieta sin apartar la mirada de ese rostro que se asomaba. Estaba en penumbras, así que pude observar en detalle la cara de aquel ser sólo hasta que estuve tan cerca como para percibir su aliento a ajo.

Al verlo abrí mi boca de la impresión, la criatura, como si fuera el reflejo de un espejo, también lo hizo. Lo observé detenidamente, esa alimaña tenía mi rostro grabado en su piel gris, pero no era mi cara de siempre, estaba deformada por el miedo, seguramente yo había cambiado así mi rostro la ocasión en que más temor sentí en mi vida. Era yo mismo con miedo.

Cuando noté lo grotesco de la imagen: mi cara de terror con piel gris, en un cuerpo no mayor a cincuenta centímetros, todo el miedo acumulado en mí salió con un grito proveniente de una voz mía, muy, pero muy interna, que nunca había escuchado. La alimaña gritó igual que yo, con ese timbre que consideré tan molesto cuando lo había escuchado en el interior de la grieta, pero que era mi sonido, terrible, pero sólo mío. El terror provoca rechazo. De un salto hacia atrás llegué a mi cama, lo mismo hizo la criatura, sólo que ella se lanzó al interior de la grieta.

Ya en la cama, sentí el miedo en carne viva, ahí estaba, sudando, con la adrenalina recorriendo el interior de mi cuerpo.

Sabía lo que tenía que hacer; en lugar de angustiarme más y seguir gritando, me forcé a cerrar los ojos con fuerza y me concentré en el sentimiento y las sensaciones, ni una gota de adrenalina pasó desapercibida, vi al miedo tal como era. Enseguida, me concentré en lo que ocurría en tiempo presente, es decir, yo acostado, sin ningún peligro a la vista. Poco a poco, la emoción que había explotado en mí, se fue consumiendo. Toqué mis manos, estaban secas, sonreí muy complacido, nuevamente había apagado el incendio.

La estrategia era controlar mis emociones. Las alimañas estaban muy ligadas a mí, pues bien, las podía controlar si yo me controlaba. La aparición de la alimaña en el boquete de la pared comprobó que mi teoría era cierta; si me alteré al verla tan de cerca, fue un error involuntario.

Los siguientes días los pasé llevando a cabo mi estrategia. Me paraba en el interior, justo debajo de la grieta y me tranquilizaba, controlaba el miedo o la rabia que sentía contra las alimañas, las que, casi inmediatamente después de tranquilizarme se acercaban sigilosamente; ahí estaban, calladitas, sin molestar, muy cerca, pero luego de un rato, se escuchaba una risa escandalosa, seguida de muchas risas más que se perdían a lo lejos.

También trabajaba con el entorno. Deseé poder respirar mejor en el interior y que hubiera más luz. De la misma forma en la que intentaba controlar mis emociones, trataba de modificar el espacio, me concentraba fuertemente en algún punto y deseaba con fuerza que cambiara, y poco a poco lo estaba logrando.

Cuando me encontraba practicando lo mismo, luego de unos días de bajar diario al interior del hueco, aparecieron ante mí.

Eran cinco alimañas formadas en bloque. Las pude observar a unos tres metros de distancia. Todas se parecían a mí: ahí estaba la que vi la otra ocasión, temblando, con su cara de terror; junto a ella se encontraba otra con una gran sonrisa, que parecía estar luchando por no reírse; enseguida, dos alimañas con rostro serio, y, a la extrema derecha, la que me pareció la más peligrosa de las criaturas, tenía los ojos llenos de furia, con sus cejas arqueadas hacia abajo, era yo mismo con cara de malvado.

Luego de contemplar detenidamente a cada uno de esos seres, me di cuenta de lo obvio: ¡podía ver en el interior de la grieta! ¡Y respiraba mejor! ¿Lo había logrado? La claridad era suficiente como para verlos, era como una noche de luna. Sonreí al darme cuenta de mi descubrimiento, y cuando lo hice, la alimaña que no se aguantaba la risa, finalmente soltó una gran carcajada; entonces vi una transformación sorprendente en las demás criaturas: cambiaron su rostro hasta convertirlo en el mismo gesto del risueño, los cuatro restantes lanzaron la carcajada, y en ese momento todos fueron idénticos, la risa los igualó. Se retorcían felices; se alejaron dando tumbos mientras reían.

Será por el descubrimiento de que había logrado cambiar un poco el espacio oscuro, o por la risa contagiosa de los seres, o quizá por las dos cosas juntas, el caso es que yo también comencé a reír descontroladamente; primero con risas normales, pero después con una serie de carcajadas que nunca me había escuchado. Paré en seco de reír cuando me di cuenta de que mi risa era exactamente igual a la de las alimañas.

Las alimañas

El diálogo se dio en forma natural un día que bajé para conocerlas mejor.

—No lo sé, no tiene caso pensarlo –dijo la alimaña más seria, mientras se rascaba el mentón.

—Puede ser peligroso pensar en ello –dijo la alimaña temerosa, mientras se rascaba el mentón.

—No me importa, eso es una estupidez –dijo la alimaña furiosa, mientras se rascaba el mentón.

—Sería muy gracioso saberlo –dijo la alimaña risueña, al tiempo que se echó a reír como una loca; las cuatro restantes transformaron su rostro como lo hacían cada vez que una de ellas hablaba y rieron junto con la sonriente.

Tuve que callarlas, porque parecía que no pararían nunca de reír, y a mí ya me estaban dando ganas de acompañarlas en sus carcajadas. Le di la palabra a una de las alimañas serias, que a diferencia de la primera, tenía ojos vivaces y una expresión más despierta. Cuando comenzó a hablar, los rostros de las otras criaturas se transformaron y todas tuvieron los mismos ojos y expresión, lo que me tranquilizó bastante.

—Es difícil saber quiénes somos... sólo sabemos que somos parte de ti, mira cómo nos parecemos a ti...

—Se parecen más bien a mí –dijo la alimaña risueña, quien comenzó a reír, mientras cambiaban los rostros de las otras a esa mueca de sonrisa estúpida.

—¡Cállate! –le ordené. De inmediato guardó silencio junto con las demás.

Necesitaba ver la cara de la inteligente. "Sigue hablando, por favor", le pedí.

—Sí nos parecemos a ti, y a nosotras mismas, ¿o somos nosotros? Bueno, tú nos dices alimañas, entonces somos nosotras. Pero, ¿quiénes somos realmente?, eso es muy difícil de saber –terminó de hablar mientras rascaba su mentón.

El ser tenía razón, es muy difícil saber realmente quién es uno, yo mismo no lo sabía, así que la pregunta que les hice se quedó sin respuesta. Pero había logrado grandes avances, las alimañas me obedecían, ese mundo era mío y lo podía cambiar, podría hacer grandes cosas con todo ello.

Gigante

Un gigante con un territorio muy pequeño, así me sentía cada vez que regresaba a mi habitación, luego de convivir con las alimañas, o de darles distintas órdenes que obedecían sin chistar.

Me estaba convirtiendo en un experto en alimañas, las observaba con cuidado, y estudiaba sus cambios físicos y de comportamiento. Ciertamente estaban muy ligadas entre sí y, en efecto, su forma de actuar se unificaba de acuerdo con la alimaña que tomara el liderazgo. Y cuando esto ocurría era muy interesante ver cómo les cambiaba el rostro, era una transformación que me asombró y hasta asustó en un principio, pero al acostumbrarme a ella me resultó divertida.

La alimaña de ojos vivaces se distinguía de las demás porque podía comprender que existían al menos dos lados en cada situación, no era tan radical como las otras, podía cuestionarse o dudar, y aunque en ocasiones era desesperante con sus indecisiones, me tranquilizaba por su forma de actuar y pensar. Se convirtió en mi alimaña protegida, y como me demostró ser fiel en más de una ocasión, y lo más leal y fiel que había conocido era un perro que tuve en Veracruz cuando era chico, la bauticé como Igor, tal como se llamaba mi mascota.

Aparecieron también otras alimañas, pero las nuevas eran más esquivas y casi no hablaban. Concluí que los nuevos seres eran inferiores a los cinco primeros, porque eran más pequeños, más tontos y parecía que obedecían a los originales.

Las alimañas inferiores eran como pequeños ejércitos que seguían a cada una de las grandes; había unas siete alimañas secundarias que se parecían mucho al burlón, otras tantas que seguían a Igor, y así sucesivamente.

Eso de tener un mundo para mí solo, con habitantes a mis órdenes, me hacía, además de especial, poderoso y libre al mismo tiempo, porque dentro del hueco yo podía hacer lo que quisiera. La sensación de sentirme un gigante con un territorio muy pequeño era porque estaba convencido de que podía llegar muy lejos y hacer muchísimas cosas más de las que había logrado.

Tenía grandes habilidades y dones, y estaba utilizando apenas un porcentaje pequeñísimo de ellos, eso me inquietaba. Lo vacío se quita llenando el espacio con cosas, y yo tenía que meterle muchas cosas más a mi vida, me sentía tan grande que no encontraba las respuestas que estuvieran a la par con mi tamaño y que me pudieran satisfacer.

Llegó el día de presentar el examen extraordinario de segunda vuelta. Una vez más no estudié nada, sin embargo, estaba seguro de que lo podía aprobar, porque mi poder personal se había incrementado desde que comencé a controlar mi mundo oscuro.

Llegué temprano, el salón estaba vacío y en el ventanal de afuera se encontraba una lista de los que presentaríamos el examen, sólo estaban escritos el nombre de Rodrigo y el mío. ¡El maestro Liborio había aprobado a todos los demás!, eso quería decir que las preguntas no iban a estar tan difíciles.

Rodrigo llegó unos minutos después. No se atrevía a entrar al salón, se veía asustado, se alejaba y se acercaba unos pasos. Comprendí que tenía miedo de que le dijera o le hiciera algo; yo me sentía mal por eso, porque viendo bien las cosas, Rodrigo tenía problemas con la materia de física por mi culpa.

Me acerqué para explicarle que no le iba a hacer daño, nada de *bullying*, que era capaz de controlar mis miedos y odios, y que se fijara que ahora era un ser superior. Sin embargo, al ver que me aproximaba, Rodrigo se alejó aún más. Aceleré el paso y lo mismo hizo Rodrigo. Tuve que correr, y en un minuto la escena parecía una alocada persecución: Rodrigo corría entre los pasillos, se metía a las zonas de jardín, saltaba las jardineras, en fin, estaba aterrorizado. Fue en uno de los jardines en donde por fin lo alcancé, tuve que aventarme encima de él; todavía en el pasto, se movía como un loco intentando escaparse, lo agarré de las muñecas y le puse una rodilla en el pecho, sólo así lo pude controlar.

—¡Déjame ya! –me dijo aterrorizado.

—No te preocupes, sólo te quería decir que no te voy a hacer nada.

—¡Déjame! –gritó nuevamente.

—¿No lo entiendes? No te voy a hacer nada.

Entonces, ocurrió algo que me hizo soltarlo: se puso a llorar. Traté de explicarle lo ocurrido, pero no quería entender. Dejé a Rodrigo, tirado en el pasto, llorando. Regresé al salón del examen, pensando en lo débil que era al no poder controlar sus emociones. Seguramente el pobre no había dejado de pensar en mí y mi hostilidad desde la última vez que nos vimos, había creado un monstruo en su cabeza a partir de mi imagen, y no se podía dar cuenta de que yo había cambiado, su mente no le permitía ver la realidad.

El maestro Liborio se sorprendió de que Rodrigo no asistiera a presentar el examen, y también se dio tiempo para lanzarme una de sus bombitas de desprecio:

—La verdad le tenía más confianza a Rodrigo, pero, al menos usted, Abel, me va a dar el gusto de reprobarlo una vez más.

Sólo le sonreí. Contesté el examen en menos de treinta minutos. Conservé mi sonrisa cuando le llevé el examen a su escritorio. Ya no me quedé para ver la cara de sorpresa del maestro por mi velocidad, di una media vuelta rápida y me dirigí al salón en donde se presentaría el extraordinario de español, ahí seguramente estaría Laura apoyando a su amiga para presentar su examen. Efectivamente ahí estaba. No pudo disimular el amor que sentía por mí, al verme sonrió complacida.

—Hola –le dije.

—Hola –me contestó.

—Tu amiga está presentando su examen, ¿verdad?, pobre.

—¿Por qué dices eso de Tania? Tú también te fuiste a segunda vuelta de extraordinario, ¿no?

Tenía razón, pero eso qué importaba, yo era yo, rey de todo un mundo, con un grupo de alimañas que me obedecían.

—Eso no importa, yo soy distinto –le dije, presumiendo.

—Ah, sí, ya me lo habías dicho.

¿Acaso Laura estaba enojada? Su voz dejaba notar cierto aire de molestia. ¿Y el beso que me había dado? Estaba locamente enamorada de mí y ahora seguro estaba nerviosa; sí, seguramente eso era.

—¿Por qué te rascas así la barbilla? –me preguntó mientras pensaba.

—No, no me rasco.

—Sí, no has dejado de hacerlo desde que llegaste.

—Bueno, pero eso no importa, soy yo, eso sí importa.

—No te entiendo.

—¿Qué pasa, Laura? Estás nerviosa porque te gusto, ¿verdad?

—¿De dónde sacas eso? –preguntó enojada.

—Tú lo dijiste.

—Yo no lo dije.

—Bueno… con tu mirada, con el beso.

—Yo sólo me despedí de ti.

En eso, Tania, su amiga, salió del salón, ya había terminado el examen.

—Ya me voy.

—Espérate tantito, quiero decirte que soy el rey de un gran espacio al que puedo dominar, no soy cualquiera, ¿no te das cuenta? ¿No ves mi grandeza?

Laura sonrío, hizo una mueca entre burlona y compasiva.

—No sé qué te pasa, Abel, eres muy raro, suerte con tu grandeza –dijo mientras caminaba rápidamente con su amiga.

Llenar el vacío

Pues sí, tenía un gran mundo y alimañas, pero no sabía qué hacer con ellos; debía organizarme, no bastaba sólo con tenerlos. Así que las reuní y como no sabía qué podía hacer con ellas, les pedí que me sugirieran algo.

—¿Por qué nos sigues diciendo alimañas si a una ya la llamas Igor? –preguntó la que tenía cara de enojada.

—Porque nos parecemos a Abel –dijo la risueña y todas se carcajearon.

—Está bien, no tengo por qué decirles alimañas –acepté–, ¿cómo quieren que les diga? ¿Criaturas?, ¿cómo?

—Ponles un nombre como a mí –me sugirió Igor.

La idea no me pareció mala, llamarles de alguna forma facilitaría las cosas, vendrían más pronto a mí y atenderían mejor mis indicaciones.

—Bien… tú te vas a llamar Enojona. Tú… Burlas. Tú… Apática y tú… Aterrada. Díganme gracias.

—Gracias –dijeron al unísono.

—¿En qué te inspiraste para ponernos tan bonitos nombres? –preguntó Enojona.

—No sé, tal vez en Blanca Nieves y los siete enanos –le contesté devolviéndole la ironía.

—¿Te vamos a llamar Blanca Nieves entonces? –dijo Burlas y todas se carcajearon.

—No, soy Abel, su jefe, y no quiero faltas de respeto –le contesté con el tono autoritario del maestro Liborio.

Con todo y el bautizo múltiple, todavía tenía esa sensación de vaciedad.

Pensé en lo evidente: a lo lejos se veía un gran espacio oscuro, yo había logrado ponerle algo de claridad a mi espacio, pero sólo a mi espacio, el interior de la grieta era mucho más extenso, había mucho más terreno más allá de lo que podía considerar como *mi espacio*. Efraín me lo había dicho. ¿Qué habría ahí? ¿Hasta dónde llegaba el terreno? Esas mismas preguntas me las hice cuando recién entré a la grieta, en ese momento me las replanteaba y, después de todo lo que había aprendido, me di cuenta de que la situación no era muy diferente: existía un gran espacio allá, a lo lejos, en mi propio mundo, era una inmensidad propia para un gigante, y ya no me parecía inalcanzable. Explorar, ¡eso! ¡Tenía que ser un explorador de este nuevo mundo!

Oscuridad

La línea divisoria

El horizonte era realmente oscuro, tal como se encontraba el interior de la grieta la primera vez que bajé a ella, igualito a las noches sin luna en Veracruz, cuando uno mira hacia el mar. Llevábamos ya varios días de tiempo de la grieta caminando hacia esa oscuridad, y por fin, en ese momento, habíamos llegado a la línea divisoria entre la semiclaridad y la oscuridad total.

Había sido un largo y monótono viaje de no ver más que el espacio semiclaro completamente vacío. Llevaba a mis cinco alimañas y a dos ayudantes, o subalimañas, por cada una de ellas. Las alimañas menores se turnaban para cargarme, seis de ellas se tendían en el suelo muy juntas, caminando a gatas, mientras yo me sentaba sobre sus espaldas. Las alimañas principales les indicaban a las cargadoras, por medio de distintos contactos físicos, la velocidad con la que tenían que desplazarse. A excepción de las subalimañas de Igor, el resto parecía no entender las palabras, su forma de comunicación era puramente física, por eso, generalmente Igor, Enojona o Burlas se encargaban de interpretarles mis órdenes. Apática y Aterrada también nos seguían, pero era casi imposible contar con ellas, tenían muy poca energía y muy poca disposición; cuando les ordenaba algo directamente, siempre aparecía Igor para hacer el trabajo que les había mandado a ellas.

Las mismas alimañas habían insistido en viajar así; luego de unas horas, llegaba un segundo grupo para cargarme y, aunque no avanzábamos muy rápido, era mejor que caminar por mí mismo. Estaba asumiendo un papel de tirano que no me gustaba mucho, pero sentía que me daba autoridad sobre las alimañas, a las que tenía que controlar para que no se pusieran contra mí como lo hicieron las primeras veces que bajé a la grieta.

Desde luego, en varias ocasiones bajaba de mi transporte para estirar las piernas y entretenerme un poco dándole indicaciones a Igor, a Burlas y a Enojona; a esta última le recargaba la mano un poco, la mantenía ocupada, no quería que tuviera tiempo para pensar algo en contra mía.

Como el tiempo en el interior de la grieta corría distinto al de afuera, no podía saber cuántos días o semanas duraría la travesía. De cualquier forma, tenía que seguir ligado al tiempo real del universo conocido, entonces le encargué a Igor que dejara a una de sus subalimañas, a la que bautizamos como Igorito, encargada de asomarse al interior de mi habitación y fijarse en la fecha del reloj eléctrico que dejé visible para que, dos días antes de que fuera el momento en que aparecerían los resultados del examen, corriera hasta donde nos encontráramos y me avisara. Calculé que con dos días de margen era más que suficiente para que llegara hasta nosotros; me parecía que un día de tiempo real era igual a una semana y media dentro de la grieta. Si la existencia de la grieta se debía a una fractura en el espacio, era natural para mí que el tiempo en su interior también estuviera roto.

Entre Igor y yo tardamos varias horas en adiestrar a Igorito para que comprendiera lo que le pedíamos. La subalimaña hablaba apenas, y tenía una dificultad especial para entender la diferencia entre los números y las letras, pero finalmente, comprendió cuál era su misión. Que nos encontrara era lo más sencillo, según Igor, porque las alimañas tenían un sentido especial que las hacía orientarse en el interior de la grieta; además, como subalimaña, podía percibir la presencia de su líder y llegar hasta él, sin importar la distancia que los apartara.

Mi reloj biológico también funcionaba distinto, con un trago de agua o una mordida de pan tenía suficiente como para estar bien físicamente en lo que consideraba sería un día adentro de la grieta. Tampoco necesitaba expulsar muy seguido los líquidos y los alimentos que tomaba. Cada vez podía estar más tiempo sin dormir, mi cuerpo era otro en el interior.

La línea divisoria era muy clara, como si alguien hubiera dejado de pintar el espacio de luz. Pensé que probablemente yo era quien lo había hecho, por algún motivo hasta ahí llegaba la claridad que yo visualicé y, aunque no tenía la certeza de cómo había aclarado un poco mi espacio, me puse a meditar con dedicación y desee que apareciera la luz en esa gran boca oscura.

Así lo hice. Sentado precisamente en el centro de la división, mi cuerpo estaba partido por la claridad y las tinieblas, y aunque la diferencia era sólo luz, alcanzaba a sentir la gran diferencia entre los dos espacios. Lo iluminado era conocido, doméstico, hasta cálido, como estar en casa, con la mayor parte de las variables controladas; en cambio, la negrura era más bien fría, con una gran cantidad de variables sin controlar, con más preguntas que respuestas, renació aquel miedo de cuando por primera vez bajé al interior de la grieta.

Todas esas sensaciones las tuve mientras deseaba inútilmente que apareciera la claridad; pero no logré nada, por alguna razón mis capacidades en ese nuevo mundo no alcanzaban para tanto. Traté de encontrar la razón del porqué, pero caí en terrenos sin salida, del mismo tipo de aquéllos que no pude ni quise penetrar cuando Igor admitió que no sabía realmente quién era o de dónde venía.

Después de todo, aunque controlara muchas cosas en el mundo de la grieta, existían sin contestar una gran cantidad de preguntas: ¿por qué se rompió el universo en mi recámara? ¿Cómo es que lograba iluminar el espacio? ¿Dónde estaba la fuente luminosa? Obviamente no pude responder ninguna interrogante, así que simplemente les dije a las alimañas:

—No voy a poder alumbrar ese espacio.

—¿Se te acabó el poder, Abel? –preguntó Burlas al tiempo que lanzó una risotada.

—Muy gracioso, pero no, la cosa es que no voy a poder alcanzar a darle claridad a esa zona.

—Perdón, Abel, pero, ¿cómo lo sabes? –preguntó Igor.

—No lo puedo explicar, simplemente lo sé. Ahora no sé cómo vamos a seguir nuestro camino.

—Nosotras sí podemos ver en la oscuridad, no somos tan ciegas como tú –dijo Burlas conteniendo la risa.

—Es verdad, Abel, nosotras te podríamos guiar –confirmó Igor.

Las cinco alimañas se formaron frente a mí, todas tenían grabada la sonrisa de Burlas. Parecían ansiosas de que les respondiera.

Aterrada

Su voz era la más peculiar, no tenía control de sus cuerdas vocales, se le salían innumerables *gallos*, tragaba saliva, bajaba y subía el volumen sin causa alguna, era entretenido y un poco extraño oírla hablar aunque sólo dijera cosas sin sentido.

Me encontraba calculando el tiempo que permitiría que siguiéramos caminando en la oscuridad antes de emprender el regreso, cuando Aterrada subió a mi transporte de subalimañas, era la segunda vez que lo hacía desde que nos internamos en la frontera de lo oscuro.

Aterrada siguió la misma mecánica de la primera vez: guardar silencio por un rato, para luego, cuando había acumulado el suficiente valor, comenzar a hablar conmigo, estaba hablando mucho esa alimaña.

—¿Sabes, Abel? Aquella ocasión en la que de niño no te atreviste a lanzarte un clavado a la alberca, supe que íbamos a estar muy juntos. La prudencia es una gran virtud y tú has sabido ser prudente, a veces, al menos.

—Sí, por eso estoy aquí, en medio de esta oscuridad, dirigiéndome a ningún lado –le contesté sin tomarla muy en serio.

—Tienes razón, esto es peligroso, muy peligroso; cualquier cosa podría pasar aquí, es una tierra desconocida por ti, y por todas nosotras. No sé cómo es que te dejaste convencer por las otras: esto no es prudente.

—Bueno, eso ya lo sé, estamos aquí para conquistar, no para tener miedo. Imagínate que a los grandes exploradores y descubridores de la historia les hubiera dado miedo lanzarse a la aventura.

—A todos les dio miedo, lo que pasa es que ellos tenían la necesidad de hacer lo que hicieron, estaban obligados, seguramente algo necesitaban, ¿pero tú, Abel? Tú eres un jovencito de catorce años al que sus padres le dan todo. ¿Para qué correr peligro? No tienes ninguna razón de peso para hacerlo. No tienes por qué lanzarte a la alberca.

Aunque lo que decía Aterrada tenía su lógica, no estaba para escucharla, no necesitaba comentarios tan pesimistas; yo mismo no estaba muy seguro de seguir con mi camino por mucho tiempo más. Ser guiado por las alimañas, aunque Igor estuviera en la vanguardia, no me hacía sentir muy seguro, pues estaba más bien tenso, ya no le daba órdenes a Enojona, y descansaba muy poco; teníamos que llegar al otro lado lo más pronto posible, sin ojos útiles, estaba a merced de muchos peligros.

Mi situación era lo suficientemente delicada como para todavía estar escuchando junto a mí a una pesimista hedionda a ajo.

—¿Y ahora qué te pasa que estás tan activa? Mejor guarda silencio, Aterrada, no quiero oírte –le dije.

—Sabes que tengo razón.

—¡Que te calles!

Aterrada se asustó ante mi tono de voz, se quedó callada, temblando un rato, hasta que se bajó del transporte; parecía haber entendido que no quería su compañía.

—¿Qué le pasa a Aterrada, Igor?

—¿A qué te refieres, Abel?

No me esperaba esa respuesta, no era posible que Igor no hubiera notado el cambio de comportamiento de Aterrada.

—No me digas que siempre ha sido así de parlanchina la alimaña esa.

—Bueno, tal vez… ha cambiado un poco.

—¿Un poco? No deja de hablar. Dile que ya no venga tan seguido a molestarme.

No pensé realmente en lo que le pedí a Igor. El silencio de mi alimaña preferida me hizo notar que había caído en un error.

—¿Quieres que yo se lo pida? –todavía preguntó Igor.

—Sí, claro, tú eres como mi consejero, no tengo por qué hacer todo yo –intenté reparar lo dicho.

Igor pareció entender, o tal vez sólo fingió entender, y se perdió en la oscuridad al retomar su posición al frente de la caravana. Esperaba que no hubiese notado ninguna fractura en mi liderazgo, el hecho de que le pidiera a él que interviniera por mí con Aterrada no tenía por qué ser un signo de debilidad de mi parte.

No sé si Igor le dijo a Aterrada lo que le ordené, la cuestión es que la alimaña miedosa volvió, no una, sino varias veces para estar a mi lado y dictarme discursos sobre la prudencia.

Sus visitas se convirtieron en una rutina invariable: luego de seguirnos a pie muy de cerca, subía al transporte con mucho cuidado; se quedaba a mi lado en silencio unos minutos más, y luego comenzaba a hablar. Abundaba sobre el mismo tema. Me comentaba que cometía un terrible error al seguir con el viaje. Intenté convencerla sobre mis razones, pero no entendía, entonces nuevamente la corría de mi lado, se quedaba callada, hasta que se apartaba, pero cada vez tardaba menos tiempo en regresar.

Esta mecánica se repitió varias veces hasta que me quedé callado sin rebatir ninguno de sus argumentos. Tampoco la corrí de mi lado, simplemente no tenía fuerzas, tantas palabras compulsivas me estaban mareando, estaba semihipnotizado. Aterrada se la pasaba junto a mí, hablando y hablando, y con sus palabras logró debilitarme, logró convertirse en mi única ocupación y preocupación, incluso por encima de la misma aventura y riesgos que corría en la gran oscuridad.

Me di cuenta demasiado tarde.

Hice un esfuerzo para decirle a Aterrada que me dejara en paz de una vez por todas, pero al volver la mirada no pude más que respingar hacia atrás del susto. Seguía sin ver nada, pero percibí una presencia de mucha mayor talla de lo que medían las alimañas.

La voz de Aterrada se originaba, incluso, dos cabezas arriba de la mía, su aliento a ajo parecía despedido por un fuelle del tamaño de un toro, era una nube de vapor diez veces más grande de lo acostumbrado. Tenía a un ser muy grande a mi lado, eso estaba claro.

Además de la sorpresa, el miedo que Aterrada había cultivado en mí desde que iniciamos el viaje en la zona oscura creció como una especie de árbol que invadía todo mi cuerpo.

Traté de respirar profundamente, tenía que ser fuerte, pero no lo lograba. Disimulé que estaba tranquilo, no me atrevía a hacer ninguna señal que le diera a entender a Aterrada que sabía sobre su nuevo tamaño.

Continuamos el camino, ella con su eterno monólogo y yo con la mirada al frente, completamente rígido. No creía que Aterrada me obedeciera tal como estaba, no sólo porque casi me doblaba la estatura y el peso, sino porque parecía perturbada mentalmente, repetía una y otra vez lo mismo y su voz estaba cada vez más descompuesta. Ya no era divertido escucharla, era muy grave mayormente, pero estaba salpicada de chillidos sin sentido, ni lógica; y esos chillidos, más que reflejar que algo le dolía, eran como agresiones, porque los vociferaba hacia mí, muy cerca de mi oído, prácticamente me gritaba en la oreja y yo intentaba mantener la calma, ensordecido por unos minutos, fingiendo que nada había ocurrido.

Mis temores se acrecentaron cuando, luego de un buen tramo de camino, estuve convencido de que Aterrada y yo sólo estábamos acompañados por las subalimañas de transporte, Igor y las demás habían desaparecido. Algo les había ocurrido, o simplemente lo habían planeado todo para acabar conmigo.

Mi única estrategia era esperar a que por fin llegáramos a una nueva claridad. Tenía la certeza de que Aterrada era peligrosa para mí, sabía que el control que había tenido sobre ella no existía o estaba a punto de desaparecer por completo. Así que me la pasé esperando, ansioso de llegar a algún lugar iluminado.

Llevaba una linterna entre mi ropa, pero no me atrevía a utilizarla para buscar a las otras alimañas, confiaba más en mi propia percepción de su ausencia, y además no quería alterar a la habladora que tenía a mi lado.

Esperé y esperé en silencio, hasta que Aterrada, además de la comunicación verbal, utilizó la *comunicación* física conmigo.

Me dio un coscorrón en la sien derecha. Así quiso llamar mi atención sobre su plática.

—No te distraigas, Abel. Lo que estás haciendo es muy peligroso, eres un adolescente imprudente que no mide los riesgos que corre...

Así siguió hablando, diciendo prácticamente lo mismo, una y otra vez, hasta que me volvió a pegar, ahora con la mano abierta, justo en mi oreja, y comenzó de nuevo:

—Pon atención a mis palabras, Abel. Es muy peligroso adentrarse en la oscuridad, no sabes lo que te puede pasar, eres sólo un adolescente, crees que no hay nada qué temer...

Continué guardando silencio, quejándome para mis adentros. Aterrada tenía mucha fuerza, sus golpes dolían y después de pegarme, sentía mareos.

Ese monstruo me estaba lastimando.

Me volvió a pegar para recomenzar su rutina de advertencias, ahora el golpe me lo dio en plena cara, un hilillo de sangre empezó a correr de mi nariz.

Sentir sangre en mi cara me convenció de que si le seguía permitiendo esas agresiones al monstruo que tenía a mi lado, iba a terminar por lastimarme de verdad. Más que por instinto de supervivencia que por valor, cuando se me pasó el mareo después del golpe, le dije, imitando lo más que pude el tono de voz de cuando tenía el control:

—No vuelvas a tocarme.

La alimaña pareció no haberme escuchado, siguió con su plática sin sentido. Luego de un rato, volvió a lanzarme un golpe, sólo me rozó, pues pude esquivarlo apenas.

—No vuelvas a hacer eso –le repetí.

—Eres un adolescente temerario. Vas a acabar muy mal si sigues arriesgándote.

Eso me sonó más como una amenaza, que como un discurso preventivo.

Aterrada seguía teniendo mucho miedo de cualquier cosa, pero además tenía nuevas facetas agresivas y hasta asesinas en su personalidad, lo sentí con esa respuesta cargada de malas intenciones. Aún así, no podía permitir que me siguiera golpeando de esa manera, contrariando su advertencia, me arriesgué:

—Te ordeno, Aterrada, que te bajes del transporte… si quieres, nos puedes seguir en tus propios pies, pero a unos cinco metros de distancia… ¡Ah, y sin hablar!

Aterrada guardó silencio por unos segundos que me parecieron minutos; al menos, la criatura seguía teniendo dificultades para pensar con rapidez.

—Eres un adolescente irresponsable, es muy peligroso seguir caminando por aquí, ya no te lo puedo permitir.

Extendió su brazo y me derribó del lomo de las subalimañas como si fuera un insecto; caí rodando en la superficie gomosa. Me quedé en el suelo por unos segundos, desorientado, hasta que comprendí que no podía dejar partir a las subalimañas con Aterrada, eran mi única posibilidad para salir de la oscuridad. Iba a gritarles que no se fueran sin mí, cuando sentí la enorme presencia de Aterrada a unos centímetros de mi cara, me detuve en seco.

—Eres imprudente, Abel. Éste es un viaje peligroso.

—¿Dónde están las alimañas del transporte? ¿Dónde están las demás?

—Se fueron, nos dejaron solos.

Saqué mi linterna para buscar a las subalimañas, pensaba que si al menos alcanzaba a llegar a sus lomos estaría más seguro que con Aterrada tan cerca.

Iluminé el espacio alrededor de mí, hasta que en uno de los giros que realicé me encontré con la mole en que se había convertido Aterrada, era más grande de lo que creía. Apenas pude distinguir un leve rasgo de mis facciones en su cara, ya no era yo mismo asustado dibujado en su rostro, Aterrada se había deformado, era un auténtico monstruo de boca grande y carnosa, de ojos tristes y al mismo tiempo… asesinos.

—Eres irresponsable, Abel, éste es un viaje peligroso.

Me lanzó un golpe que me dio de lleno en un costado, caí al suelo, sin aire. A Aterrada se le escapó una risita que apagó de inmediato. Como pude me levanté y corrí iluminando alocadamente mis pasos con la linterna que había permanecido encendida en todo momento. Corrí con todas mis fuerzas, hasta que me agoté por completo; tuve que parar para tomar aire, y así lo hice, anhelosamente aspiré un aire caliente, cargado con un pesado y digerido olor a ajo.

O Aterrada había crecido tanto que inundaba todo con su aliento, o la tenía muy cerca. Corrí nuevamente, pero a las tres zancadas que di me topé de frente con un auténtico muro, era el tronco de Aterrada. Volví a caer, intenté rodarme para que no me alcanzara, pero fue inútil, estaba jugando conmigo. Además de ser grande y fuerte, conservaba intacta la agilidad de las alimañas. Traté de levantarme, pero me jaló de una pierna y me atrajo hasta cubrirme por completo con su corpachón.

Fue un sofocante abrazo de oso, estaba aprisionado por la masa de su cuerpo.

Todavía pude sacar una mano para golpear a la alimaña con la linterna varias veces en la cabeza, pero no le causó la menor molestia. Aunque me tenía atrapado, estaba a su merced, pero ya no me hizo nada más. Así permanecimos por un largo rato, hasta que dijo:

—Eres un jovencito irresponsable, Abel. Adentrarse en esta oscuridad es muy peligroso.

—Como si te importara que corra peligro o no –le reproché.

—También es peligroso que pienses así.

—Más peligroso es lo que tú estás haciendo, me tienes atrapado.

—Sería imprudente que te dejara ir.

—¿Por qué?

—Te meterías más y más a la oscuridad, y eso es malo.

A pesar de que me había atacado, al parecer el objetivo de Aterrada no incluía matarme, sino, más bien, protegerme a su modo. No había ninguna necesidad de todo eso, así que le dije:

—Ya no quiero meterme en la oscuridad.

Silencio.

—En serio, ya no quiero seguir –le insistí.

Aterrada guardó silencio nuevamente, todavía era muy lenta para pensar.

—Regresemos a nuestra área si eso te complace –intenté convencerla. Suéltame, busca a las subalimañas y regresemos. ¿Qué te parece?

—Eres imprudente, Abel, te vas a meter más a la oscuridad –al fin contestó.

—No, te lo juro, nos regresamos de inmediato.

—Está… está bien, Abel, regresemos.

Parecía que al fin la había convencido, sin embargo no me soltaba. Así nos quedamos por unos minutos, inmóviles, tendidos en el suelo.

—¿Y bien? Ya suéltame, ¿no?

Silencio.

—Es… que… no me atrevo a soltarte –respondió al fin la gran alimaña.

—Entonces no vamos a poder regresar, y nos vamos a tener que quedar aquí, en medio de esta oscuridad, y tú dijiste que es muy peligrosa. Llama a las demás, ¿dónde están?

—No lo sé.

—Ahora tú eres la imprudente, con esa actitud nunca podremos regresar, eres una alimaña temeraria, eso significa que no te importa el peligro, ¿no?

Aterrada gritó más agudamente que nunca. Me apretó con tal fuerza que no me dejaba respirar, hasta que, en un impulso de terror se puso de pie y me soltó, caí nuevamente al suelo, entonces pude tomar un poco de aire. Aterrada dio dos pasos y dijo, chillando:

—Me da mucho miedo caminar tan sola.

Apenas me estaba recuperando cuando Aterrada saltó hacia mí con la esperanza de encontrar refugio entre mis brazos, pero sólo me aplastó, cual escena de caricatura. Estábamos en el suelo, ella encima de mí.

Con un *hilito* de voz le pude decir:

—Tienes que ser fuerte, Aterrada, tenemos mucho por caminar.

—Tienes que ser fuerte, Abel, muy fuerte, porque engordé un poco y no me atrevo a caminar.

Aterrada no dijo nada más. Después de un rato, retomé fuerzas y la cargué.

—Guíame –le dije.

—Es por allá, camina derecho de donde estás.

Di unos cinco pasos y caí al suelo, era demasiado peso. Aterrada profirió otro de sus gritos rompe tímpanos y me apretó nuevamente.

—Intentas matarme, ¿verdad? –me gritó chillando.

—Cálmate, pesas mucho, ése es el único problema, sólo me tropecé.

—Es peligroso tropezarse, Abel.

—Sí, ya lo sé. Ahora dime hacia dónde camino, ya perdí el rumbo.

—Hacia tu derecha, un poco más, sí, así, derechito.

Emprendimos nuevamente el camino. Aunque hubiera existido luz en ese espacio, no habría visto nada de cualquier forma, porque Aterrada cubría por completo toda la parte superior de mi cuerpo.

Sueño

Caminar unos pasos, no soportar el peso y caer, gritos, pellizcos y apretones de Aterrada, en eso se convirtió la rutina del camino de regreso.

No avanzábamos mucho, Aterrada se negaba rotundamente a separarse y caminar por sí misma. Mantenía el abrazo como si estuviera pegada a mí.

Sentía como me sudaba la cara y el pecho ante el contacto tan cercano de su piel, y eso hacía que respirara y hablara con dificultad, mis labios estaban prácticamente pegados a su pecho.

—Tan siquieda sepádate u poquito, Atedada.

—No te entiendo, Abel, me da mucho miedo que hables tan raro.

—Lo que pada es que tengo tu cuedpo pegado a mi cada. Sepádate pada que pueda hablad y redpirar.

—Todavía no te entiendo... mejor sigue el camino. Y ya no te caigas, que eso me da terror.

Así continuamos hasta que sucedió lo inevitable, me cansé. Caí una vez más, pero ya no me pude levantar. Ahí en el suelo, haciendo el último intento por levantarme, le dije a Aterrada:

—Creo que ya no me puedo padar, nededito dedcansar.

—Mejor quédate en el suelo, es muy peligroso eso de caminar y caer, caminar y caer —la voz de Aterrada había perdido sus acostumbrados cambios de tono, ahora hablaba monótonamente, muy parecido a como se expresaba Apática.

—Estád loca. Sólo voy a dedcansad.

—Quédate tirado, es más seguro. ¿Y por qué no? Así podrás pasar toda tu vida.

Le expliqué a Aterrada que no podíamos quedarnos para siempre en el suelo, pues, tarde o temprano, moriría de hambre o sed. Ella insistió en que el tiempo era diferente en el interior de la grieta y que las necesidades de mi cuerpo eran muy distintas en el exterior. "Casi no has comido y sigues bien, ¿no te das cuenta?", dijo tratando de convencerme. Yo le dije que no, que era imposible que me quedara ahí, sin hacer nada más que reposar con una alimaña tamaño extra grande encima de mí. Intenté incorporarme, pero fue imposible, estaba más débil y cansado que antes de ponerme a descansar.

Intenté varias veces más levantarme, pero cada ocasión se hacía más complicado el simple hecho de moverme. Tenía una de esas flojeras domingueras en las que uno despierta, pero no hay ninguna voluntad para ponerse de pie y mejor se regresa a la almohada a seguir durmiendo.

Me di cuenta de que sí era posible pasarme el resto de mi vida en estado vegetativo, tirado, en el interior de esa oscuridad, porque no tenía hambre ni sed; ningún interés en generar flujos de adentro para afuera o de afuera para adentro. Podía estar encapsulado por Aterrada, sin preocuparme por nada.

Comencé entonces a experimentar un estado de somnolencia en el que soñar se convirtió en mi principal actividad. Soñaba con Laura y sus vellitos en la frente que, luego de un rato, se convertían en los pelitos del mentón de Igor, entonces le preguntaba dónde estaba, qué había pasado con él; Igor, se mantenía callado, sin contestarme, contaba sus vellitos y nuevamente se convertía en Laura, me daba un besito en la mejilla y de inmediato ponía una mueca que la afeaba, diciéndome que mi boca olía a ajo, y que ya no quería volver a verme.

En ese momento se acababa ese sueño, y comenzaba otro en el que me veía a mí mismo, de niño, junto con mi compañero de juegos, el maestro Liborio. Y aunque los dos sueños fácilmente podían pasar por pesadillas, extrañamente sentía una gran calma, incluso al imaginarme al maestro Liborio jugando conmigo futbol o a las escondidillas, o desayunando en La Parroquia de Veracruz. No lo puedo negar, estaba muy a gusto sin hacer nada más que soñar tonterías.

Pasamos un buen tiempo en ese estado. El reposo me había debilitado lo suficiente como para ni siquiera intentar moverme, sólo pensar en mover mis músculos me agotaba, así que mejor tornaba mis pensamientos en sueños. Aterrada estaba igual o más débil que yo, ya no me abrazaba con fuerza, sólo estaba encima de mí como si fuera una cobija grande y muy pesada. Sentía su respiración rítmica encima. Aterrada dormía, cual oso hibernando en su cueva.

Yo me encontraba en un estado parecido, y estaba muy conforme con éste. Sin problema hubiera podido permanecer así por mucho tiempo más, pero, cuando desperté del sueño en que Laura se convertía en Igor, contra lo que me había acostumbrado en el espacio oscuro, abrí los ojos y entre los pliegues de la carne de Aterrada, que se abrieron al aflojar el abrazo, percibí cierta claridad en el ambiente, o al menos, al parecer, ya no estaba tan oscuro el espacio tras ella.

Volví a dormir, pero, aún entre sueños, mi atención estaba fija en esa repentina claridad. Luego de soñar mucho más, abrí nuevamente los ojos y entonces quedé convencido de que, efectivamente, había algo de luz en el gran espacio. Me puse a pensar sobre la causa del cambio y nuevamente me ganó el sueño.

Comencé entonces a verme a mí mismo logrando controlar la iluminación como lo hice un día con mi espacio. Lo había logrado, la luz era parte de mi creación; apareció entonces Laura, me decía que mi boca no olía a ajo y que me quería dar muchos besos, que yo era su héroe; luego se transformó en Igor y él también me felicitó por mi triunfo. "Ahora sí podrás explorar todo el espacio, Abel", me dijo orgulloso.

Desperté nuevamente y al abrir los ojos noté no sólo algo de luz en el exterior, sino un gran resplandor. Estaba convencido de que mis sueños se habían convertido en realidad, de alguna forma, el espacio oscuro ya no lo era, gracias a mi control sobre éste.

Fue entonces que sentí que ya no quería permanecer durmiendo aplastado por la gigantesca alimaña; tenía un gran deseo de ver el espacio iluminado. Así que, con todo el dolor de mis músculos atrofiados por la inactividad, comencé a mover mis brazos y piernas para hacer palanca y quitarme de encima a Aterrada; ella sólo se quejaba un poquito, definitivamente estaba débil y adormilada, no hizo ningún esfuerzo por detenerme. Me costó muchísimo trabajo quitarme la pesada carga de encima.

Profiriendo un sonido entre grito y pujido, salí por debajo de Aterrada, que sólo emitió otro quejidito cuando se golpeó contra el suelo.

Resoplando por el gran esfuerzo, todavía con los ojos cerrados, sentí a través de mis párpados el gran resplandor. Estaba realmente luminoso el espacio y yo tenía que irme con cuidado, porque mis ojos habían permanecido demasiado tiempo en la oscuridad total.

Por fin abrí los ojos y, tal como lo esperaba, fue muy doloroso el primer contacto directo con la luz, así que entrecerrándolos percibí el espacio brillante y comprendí de inmediato que yo no había sido el causante de la nueva claridad, frente a mí se alejaba rápidamente un viejo conocido, era Olaguibel, el cometa de Efraín.

Comprendí de inmediato el porqué de su búsqueda desesperada, Olaguibel era hermoso, no sólo por su resplandeciente cauda, que hacía que me protegiera los ojos al verlo, sino que representaba mucho más… era extraordinario, imposible expresar con palabras lo que ese cometa me hizo sentir.

Decidí seguir la ruta de su resplandor y de los trocitos de hielo que dejaba a su paso.

No importaba que sintiera mis piernas como hilos, no importaba que mis músculos estuvieran entumidos o que me dolieran los ojos por tanto brillo, tenía que alcanzarlo, quería estar con Olaguibel, como si aquel cometa fuera mi salvación, mi vida misma.

No importa el dolor

Corrí tras Olaguibel como un loco. Tambaleé y me caí varias veces, pero como el deseo de alcanzarlo era más fuerte, me volvía a levantar para reemprender la carrera.

Así continué siguiéndolo hasta que caí completamente rendido; desconocía la velocidad de los cometas, pero era obvio que cada vez se alejaba más, a pesar de mi carrera. Entonces me puse a gritar, grité con todas mis fuerzas el nombre de Olaguibel. Lo hice una, dos, tres, cinco veces, hasta que me pareció notar que el cometa detenía su camino. ¡Me había oído!

Emitió un destello que me pareció consecuencia de un giro y comenzó a avanzar hacia mí.

Como pude, me levanté nuevamente y caminé hacia el cometa. Íbamos a encontrarnos y yo estaba feliz por eso, no podía dejar de sonreír, caminaba esperanzado, sin importarme el dolor en mis articulaciones y músculos. Todo estuvo bien durante el tiempo en que duró la caminata, todo perfecto, me acercaba a la fuente de luz, caminaba en el túnel iluminado, y estaba seguro de que al tener a Olaguibel junto a mí, todo iba a estar muy bien.

El resplandor era cegador y la sensación de bienestar iba en aumento. Estaba a punto de tenerlo a unos centímetros frente de mí.

—¡Hola, Olaguibel!, soy Abel –le grité. Estaba seguro de que Olaguibel preparaba su respuesta, con una gran sonrisa me alisté para recibirla, pero no escuché nada, porque fui violentamente atacado.

Sentí un fuerte golpe entre la nuca y la espalda, caí rodando y ya en el suelo una gran masa me aprisionó; Aterrada había regresado.

—¿Cómo sabes mi nombre? –preguntó Olaguibel con una voz que no era física, porque no la escuche en mis oídos sino en mi mente. Traté de contestarle, pero no pude, Aterrada tapaba mi boca con su pecho, apenas y podía respirar.

Entonces, pensé mi respuesta y así me pude comunicar con el cometa.

—Conocí a Efraín, tu dueño.

—Efraín no es mi dueño –contestó Olaguibel de inmediato.

—Eso me dijo él, discúlpame.

—Adopté a Efraín como mi padre, no es mi dueño. Hay una gran diferencia, pero Efraín todavía no la comprende.

—Me siento bien junto a ti, Olaguibel, no sé por qué, pero me siento muy bien, a pesar de estar como estoy.

—Sí, eres raro, tu cabeza parece un gran bulto.

—No es mi cabeza, es Aterrada... un ser que está abrazado a mí y que no me quiere soltar –le aclaré, mientras me di cuenta de lo efectivo que era ese tipo de comunicación mental.

—¿Aterrada te quiere mucho?

—Tiene miedo.

—No sé lo que es eso.

—Es creer que algo o muchas cosas te pueden lastimar, entonces uno mejor tiene que huir o esconderse. Ella cree que está escondida.

—Pero yo la puedo ver.

—Y yo sentir, lo que pasa es que el miedo hace que uno no piense bien.

—¡Ah!, entonces se parece a la soledad. Cuando me duele mucho estar solo, yo no pienso bien.

—¿Por qué no regresas con Efraín?

—Efraín es mi padre, no un cometa compañero. Eso tampoco él lo puede comprender.

—Yo quisiera ser tu compañero, siento que te quiero mucho –le dije un poco sorprendido por mis propias palabras, que sentí ajenas, pero honestas.

—No eres un cometa como yo.

—No creo que eso importe, siento que ya eres mi amigo, mi mejor amigo –volví a sorprenderme de mis palabras, pero no las puse en duda, estaba completamente convencido de ellas.

—Hace un rato vi algo parecido a un cometa y fui hacia donde estaba la luz, pero sólo te vi a ti en el suelo, con el ser encima –me explicó Olaguibel.

Comprendí que Olaguibel quería algo que yo tenía. Mentí entonces con todo el corazón por delante:

—Ah, entonces viste mi cometa.

—Hablas como Efraín, no se puede tener un cometa.

—Es verdad, perdona, tengo un hijo cometa, igual que Efraín.

—¿Hablas con la verdad?

—Sí, sólo que es más pequeño que tú. Me sentí muy mal por mentir, pero lo consideré necesario.

—¿Dónde está?

—Te lo presentaría, pero no puedo en este momento, el ser que tengo encima no me permite moverme.

—¿Qué podemos hacer?

Hablé para defender mis propios intereses:

—Guíame a donde haya claridad en este mundo de sombras. A un lugar por el que hayas viajado.

—Sé dónde hay claridad.

—Llévame ahí y te mostraré a mi hijo cometa.

—¿Y por qué no me lo muestras aquí?

—Necesito regresar a mi mundo, a mi hogar, ahí te lo podré mostrar. Llévame.

—Vamos.

Claridad y paisajes

Conforme caminaba guiado por Olaguibel me sentía más fuerte, Aterrada cada vez apretaba menos y la sentía menos pesada. Olaguibel me platicó sobre lo mal que se sentía por estar solo, pero al mismo tiempo lo reconfortaba pensar que al fin encontraría a un cometa como él. "He viajado mucho buscando a un compañero", me dijo entusiasmado.

Cuando llegamos a un espacio de semiclaridad, Aterrada se me escurrió de entre los brazos y cayó al piso, tenía casi su tamaño original. El hecho de librarme de ella y estar junto a Olaguibel me hicieron sentir aún más fuerte; le ordené a la alimaña que se mantuviera alejada de mí.

Nunca creí que me diera tanto gusto ver nuevamente mi espacio semiclaro. Me sentí dueño de mí mismo, como hacía mucho que no me asumía. Salté de gusto. "Gracias, muchas gracias, Olaguibel", le dije al cometa. Realmente estaba feliz.

—Vamos al hogar –me respondió el cometa.

Escuché una risotada a lo lejos y, enseguida, un coro de risas. Eran las alimañas.

—¡¿Igor?! –pregunté gritando.

—Hola, Abel.

Ahí estaba Igor, a unos metros de distancia.

—Hola, Abel –también dijeron en coro las alimañas restantes, incluso la ahora mini Aterrada.

—¿Dónde estabas, Igor? ¿Se regresaron a mi espacio para dejarme solo con ese monstruo?

—Bueno… –comenzó Igor, pero lo interrumpió de inmediato Burlas.

—Ésta es nuestra casita de piso blando y aire malo –dijo Burlas, mientras se reía como era su costumbre.

—¿Entonces no pudieron permanecer en la gran oscuridad porque pertenecen a este espacio? –les pregunté.

—Eres muy inteligente, Abel –contestó Burlas y nuevamente comenzó a reír.

—Eso es lo que me imaginaba, lo pensé mientras estaba con Aterrada, se hizo grandísima, ¿Tú sabías eso, Igor?

—¿Qué?

—Las dos cosas; que tenían que regresar a mi espacio y que Aterrada se convirtió en un monstruo.

—No, Abel, no lo sabía, pero ahora estamos contigo otra vez. Dispuestos a ayudarte.

Noté entonces que Olaguibel no se había detenido conmigo, continuó su camino y ya estaba más lejos de lo que me gustaba tenerlo.

—Igor, quiero que alejes a Aterrada de mí, es muy peligrosa, en la oscuridad casi me mata.

—Así lo haré, Abel.

—Ahora vamos a seguir a Olaguibel, en él sí puedo confiar. Nos llevará a la grieta.

—Creo que está yéndose por otro lado, Abel –dijo Igor con cierta preocupación.

—En él sí puede confiar, ¿estás sordo, Igor? –Burlas volvió a reírse como un loco.

—Cállate ya, Burlas, no quiero oír tu risa ni una vez más –le ordené.

Al decir lo anterior apresuré el paso para alcanzar a Olaguibel. Creo que las alimañas notaron mi enojo; me siguieron a una distancia prudente.

El espacio cada vez se aclaraba más, además el piso era más firme y se podía respirar mucho mejor. O mi mundo había cambiado en mi ausencia, o Igor tenía razón y nos dirigíamos a otra dirección.

—Esto no es tuyo –me lo soltó, así de pronto, Igor.

—¿De qué estás hablando? ¿No es el espacio al que bajé de mi habitación?

—Definitivamente no lo es.

—Entonces, ¿de quién es?

—Eso sí no lo sé.

—Pero Olaguibel no podría engañarme.

—¿Estás completamente seguro de que él sabe adónde llevarte?

No pude contestar esa pregunta, porque apareció ante nosotros un hermoso jardín, lleno de árboles, prados verdes y muchas flores. Abruptamente se terminaba el nuevo piso más firme y comenzaba una serie de montículos pequeños cubiertos de un pasto muy suave, increíblemente parejo y de un tono verde claro. Ese lugar no era el mío, yo no tenía nada que ver con toda esa creación. "Olaguibel, éste no es el lugar del que te hablaba", le dije. Olaguibel sólo contestó: "Falta poco para llegar al hogar".

Seguimos caminando por ese hermoso lugar, por ese jardín perfecto que no tenía polvo, ni nada desagradable. Incluso, cuando pasamos por un riachuelo, al tocar el fondo del mismo, me di cuenta de que no tenía tierra, cieno, piedras o cualquier otra cosa; el riachuelo de ese espacio tenía un suelo parejo y nada resbaladizo, era casi una alberca. Luego de notar eso, excavé entre el pasto y me encontré con algo que era como una arcilla limpísima, obviamente sin lombrices ni gusanos.

Los árboles eran todos de dos tipos, pinos y fresnos, pero ninguno tiraba hojas al suelo. Se distribuían formando grandes calzadas cubiertas por ese pasto color verde pastel. No había moscos, ni moscas, sólo mariposas, también de dos tipos, las amarillas y las rojas.

Era un lugar aparentemente natural, pero si uno se fijaba bien en el entorno, tanto orden, tanta simetría, le daba un aire opuesto, estábamos ante un ambiente artificial.

Luego de remontar varias calzadas, de pronto, tras un montículo de hierbas de anís perfectamente podadas, aparecieron dos criaturas color rosa pastel, con una expresión de amor en su cara. Sus palabras contrastaron con su carita de muñecas felices: "Esto es propiedad privada, no pueden seguir adelante".

—¿Qué hacemos? –le pregunté a Olaguibel con mi voz normal.

—Tenemos que seguir adelante, todavía no llegamos –me respondió con sus palabras mentales.

—Parecen muy frágiles, tal vez alguna de nosotras podría destruirlas –dijo Burlas entre risas.

Burlas tenía razón. Las muñequitas no parecían representar ningún peligro y, como Olaguibel tenía que seguir su camino y yo quería complacerlo en todo lo que me pidiera, les ordené a Enojona y Apática que las apresaran.

—No pueden hacer eso, éste no es su espacio –dijeron las criaturas rosas al unísono, pero sus protestas no impidieron que mis alimañas las atraparan. Las cargaron en vilo, y cada una se llevó una muñequita en su hombro.

Continuamos con nuestro camino y después de cada pequeño montículo aparecían por pares, más muñequitas rosadas. A todas las atrapamos y, como no era posible cargar a tantas, las hicimos caminar como si fueran un grupo de presos. Enojona, Apática y Aterrada cuidaban la retaguardia del grupo, y Burlas e Igor la vanguardia. Yo iba un poco más adelante, admirando y sintiendo muy de cerca a Olaguibel. Me transmitía cada vez más calma y bienestar.

Llegamos a una rotonda de pinos, en el centro de la misma había un resplandor controlado, porque, a pesar de que emitía gran cantidad de luz, no deslumbraba, ni lastimaba los ojos; al contrario, se sentía bien ser bañado por ese fulgor, muy parecido, por cierto, a la forma en que Olaguibel resplandecía cuando se sabía acompañado, pues definitivamente no dañaba los ojos.

—Aquí es, éste es el hogar. Así le llama Efraín –me dijo Olaguibel.

Había sido un estúpido, era muy obvio, pero hasta ese momento me di cuenta de que ése era el mundo de Efraín, el que tanto me presumió cuando quedó encerrado en mi trampa para alimañas.

—Quiero ver al cometa, estamos en el hogar –me pidió con insistencia Olaguibel.

El hermoso cometa había cumplido con su palabra y ahora era mi turno de corresponderle, y lo único que tenía entre manos era un truco barato que sabía iba a decepcionar a Olaguibel.

Seguramente perdería su amistad y compañía, y eso me tenía muy preocupado; en ese momento hubiera sido una tragedia para mí perderlo, me quedé paralizado, sin saber qué hacer, hasta que Igor tocó mi hombro.

—Ahora no, Igor.

Con voz tranquila y clara, me dijo:

—Igorito está aquí, Abel.

Los regresos

Reloj biológico

En el camino de regreso me sentí más orientado, y aunque las subalimañas y las alimañas me guiaban, sabía por instinto cuál era la ruta correcta hacia la grieta de mi habitación.

Adquirí al fin una orientación básica en ese espacio que siempre me pareció sin coordenadas, ni puntos cardinales. Aún en la oscuridad tenía una idea bastante certera de hacia dónde dirigirme. Dejé que las alimañas continuaran guiando el paso, sólo para comprobar que mi sentido de la ubicación del espacio estaba correcto. Y así fue, lo confirmé muchas veces. Esa nueva cualidad me hacía más poderoso y me liberaba de la dependencia a las alimañas.

Al liberarme de esa preocupación, pude pensar con más calma sobre cómo conseguir un cometa para

Olaguibel. Igorito me había salvado con su aparición repentina.

Me dio la oportunidad de no decepcionar a Olaguibel, tenía que crear algo mejor y más convincente que una simple lámpara de mano.

Al momento que Olaguibel me habló sobre una luz, supe de inmediato que el cometa había visto mi linterna cuando la encendí al separarme por primera vez de Aterrada. Vio la luz del aparato y por eso se había acercado.

En el trayecto hacia el espacio de Efraín siempre pensé en hacerle creer que esa luz generada por baterías era mi cometa; pero cuando llegó el momento de mostrársela, supe que no iba a engañar a nadie, Olaguibel no se merecía eso.

Además sentí mucho temor de su posible reacción, podría haber repudiado mi compañía y eso sí hubiera sido algo terrible para mí. Le dije entonces a Olaguibel que me esperara, que para mí el hogar era un sitio distinto al que me había llevado. Le expliqué que tenía que hacer un viaje y que regresaría con él para presentarle a mi hijo cometa. Olaguibel quiso acompañarme, pero le insistí que se quedara en la tierra de Efraín. Eso me convenía; porque así estaría bien localizado y yo tendría tiempo de pensar.

Después de un trayecto aburrido, en el que apenas les dirigí la palabra a las alimañas, al fin llegamos a mi espacio; ahí estaba mi semiclaridad, el suelo gomoso, el frío implacable y mi oxígeno defectuoso. Realmente era un mundo austero, pero era mío. No tenía idea de cómo Efraín había conseguido decorar de tal forma su espacio, aunque eso no importaba mucho, yo mismo había progresado, no existía ya aquella sensación de impotencia absoluta por el lugar.

Era feo, sí, pero había evolucionado un poco para ser menos frío, menos oscuro, no tan irrespirable y, afortunadamente, conocido y controlado.

Mi espacio era tan grande o más que el de Efraín. Lo recorrimos completo hasta llegar a su otro extremo, donde se originaba la grieta. Ahí estaba, emitiendo su débil destello, la pálida luz del foco de mi recámara. Nuevamente sentí gran alegría de volverla a ver.

Sin decir nada, subí por la cuerda hasta entrar a mi habitación; el plan de cálculo de tiempo había funcionado, era el día veintinueve, exactamente cuando aparecerían los resultados del examen.

Apagué la luz, mis ojos todavía estaban acostumbrados a la semioscuridad. Eran apenas las seis de la mañana, así que no me pareció nada mal acostarme unos minutos.

Sin embargo, según mi reloj biológico, en el mundo ordinario tenía un millón de horas acumuladas sin dormir, y aunque yo sólo quería acostarme un ratito, nada más puse mi cabeza en la almohada, caí prácticamente noqueado, dormí profundamente, sin sueños, ni ninguna clase de recuerdos, simplemente me perdí.

Desperté a las cinco de la tarde, sorprendido por todo el tiempo que había dormido y un poco apurado porque cerraban las oficinas de la escuela a las seis. Fue difícil levantarme, tenía una modorra tan pegajosa como un chicloso, la cual me jalaba de nuevo hacia la cama, por más intentos que hacía de ponerme en pie. Al fin pude incorporarme y bajé las escaleras de la pensión tapándome los ojos con las manos, evitando el contacto de la luz.

Llegué hasta la cocina con la intención de tomar sólo un vaso de agua, pero, nuevamente mi reloj biológico tomó el control de mi cuerpo y me convertí en un auténtico glotón. Me comí todo lo comible que había en el refrigerador, incluso las verduras crudas, y hasta jitomates y pepinos sin lavar, además lo hice a tal velocidad que me atraganté en más de una ocasión.

Salí a la calle y la luz de la tarde fue demasiado para mis ojos. Regresé a la pensión y busqué algo apropiado para cubrírmelos, lo único que encontré fueron los lentes de la pensionaria, dos cuadrados grandísimos que tapaban, además de mis ojos, casi toda mi nariz y gran parte de mi frente. Feos, pero efectivos. Salí bien protegido de la pensión, cual mosca humana aventurándose a los luminosos dominios de una lámpara incandescente.

Estaba seguro de que mi apariencia no era ni agradable, ni juvenil. En otro tiempo, tal vez sólo un mes antes, me hubiera sido imposible salir a la calle con esos lentes de viejita, porque en ese entonces mi imagen era lo más importante que poseía; sin embargo, ahora, lo más valioso para mí era ver mi calificación del examen en el tablero de la escuela.

Cuando llegué al tablero protegido con una vitrina, mi imagen se reflejó en el mismo, me quedé unos segundos observando mi apariencia extraña, finalmente ignoré el reflejo y busqué mi nombre en el mar de malos estudiantes de toda la secundaria. Al fin lo encontré, ahí estaba, formado por letras pequeñas, y con un gran número a su lado: había reprobado otra vez.

No lo podía creer, estaba seguro de que iba a sacar un diez, no un cinco. Ya tenía hechos los planes para regresar al mundo de la grieta tan pronto viera el resultado y me inscribiera para el siguiente ciclo escolar en la preparatoria. Estaba seguro de que se trataba de un error.

Fui a las oficinas de la dirección a quejarme. Sólo había una secretaria y ante ella expuse mis mejores argumentos sobre el porqué era imposible que me hubieran reprobado.

—Soy un ser distinto –le dije–, no le voy a decir por qué, pero soy superior, tengo grandes responsabilidades, no puedo reprobar un simple examen de física de secundaria.

La secretaria me escuchó con cara de sorprendida, seguramente nunca esperó que un joven le diera un discurso tan convincente. Con voz de burócrata insensible, sólo me contestó:

—¿Te hago el recibo para el examen de título de suficiencia? Hoy es el último día para inscribirse.

—El último día es el treinta –le dije con fastidio.

—Hoy es treinta.

—Hoy es veintinueve.

—Hoy es treinta.

Fue cuando comprendí que había dormido hasta las cinco de la tarde, pero ¡del otro día! No me quedó otra más que inscribirme.

Examen de suficiencia, eso significaba que iba a presentar una tercera vuelta de examen extraordinario. Era increíble, el maestro Liborio se estaba vengando de mí; obviamente no le caía nada bien, es más, me odiaba. Éste era el último examen que podía presentar y si lo reprobaba, me quedaría con esa materia acumulada y probablemente no sería admitido en la preparatoria.

De regreso en la pensión, me encontré de frente con la pensionaria.

—Abel, al fin saliste de tu habitación... ¿son ésos mis lentes?

—¿Sí...? No me di cuenta, pensé que eran los míos.

Le regresé sus anteojos y la señora Santibáñez me observó detenidamente.

—Los tienes muy rojos.

—¿Qué?

—Los ojos. ¿Estás enfermo, Abel?

—No, señora, estoy bien, de veras.

—Le voy a tener que hablar a tus papás, el Distrito Federal no te ha hecho nada bien.

—¿Para qué? En serio, estoy bien, sólo tengo un poco irritados los ojos, seguro es una infección o algo así.

—No sólo es por los ojos. Llevas como una semana sin salir casi de tu cuarto, ¿o son dos? No comes lo que cocino, no sé qué comes, o qué haces en tu habitación, ni siquiera puedo entrar para hacer el aseo. Estás muy raro y eso lo tienen que saber tus papás.

—No, señora, no se preocupe, ya le dije que estoy estudiando, eso es todo. Y voy a seguir estudiando por un tiempo más. Mire, le prometo que voy a salir más y que voy a comer su comida, pero no moleste a mis papás, ¿sí? Estoy bien, en serio. El Distrito Federal no es tan malo, hay mucho esmog, pero nada más, tal vez por eso tengo irritados los ojos. ¿Verdad que no les va a hablar?

—Ay, Abel.

—Diga que sí, no le cuesta nada.

La señora Santibáñez asintió con la cabeza, entonces subí a mi habitación, convencido de que debía mandar todo por un tubo; tenía mi propio mundo y era mucho mejor, sobre todo porque en él existía Olaguibel.

Regresaría al interior de la grieta en ese mismo momento, sólo reposaría unos minutos en la cama para tomar fuerzas. Pero de nuevo mi reloj biológico se cobró a lo chino las horas de sueño que le debía. Me dormí profundamente.

Sorpresita

No podía creerlo, mi mamá estaba tras la puerta, golpeándola con sus nudillos, a punto de entrar a mi recámara y descubrir la grieta. ¿Cuánto había dormido esta vez? ¿Uno, dos días? Adormilado entreabrí la puerta, y ahí estaba, recién llegada del puerto jarocho, no me saludó, sólo me dijo con cara de horror:

—Mira nada más cómo te ves, ¿estás enfermo?

—No, mamá, sólo estaba dormido, me acabas de despertar con tus toquidos... ¿qué dice Veracruz?

—¿Dormido a las dos de la tarde? Déjame entrar.

—No puedo.

—¿Qué estás escondiendo, Abel? Déjame entrar.

—De verdad, no puedo, es que tengo mucho tiradero, tengo que limpiar. No estoy escondiendo nada.

Intentó pasar, pero sostuve la puerta con fuerza. Eso sí que no le gustó nada, seguramente me hubiera dicho algo más, pero noté que tras ella estaba la señora Santibáñez, así que mamá guardó la compostura.

—Abel, te quiero ver en la sala en media hora, después de que te bañes, hueles… hueles como a ajo. Y deja de rascarte el mentón.

Mi mamá bajó junto con la señora Santibáñez, que seguramente le había dicho lo peor que se le pudo ocurrir, porque para hacerla venir desde la costa, se necesitaba algo así como una urgencia.

El baño me vino muy bien. Disolvió por completo ese sueño denso que me perdía en la cama.

—¿Estás tomando algo, Abel? –me dijo mamá tan pronto como puse un pie en la sala. Me costó trabajo responderle, después de todo, si en algo había estado ocupada mi mente en los últimos días, además de dormir, era en cómo crear un cometa. Mis pensamientos tuvieron que hacer un aterrizaje forzoso. Realmente, tanto la señora Santibáñez como mi mamá, pensaban que estaba tomando alcohol, o algo peor; tenía que mantenerme en mis cinco sentidos si quería responder bien.

—No estoy tomando nada, mamá –eso fue lo mejor que se les pudo ocurrir a mis cinco sentidos trabajando en equipo.

—La señora Santibáñez me dijo que te la pasas todo el día encerrado en tu cuarto, casi no comes…

—O come de más… hace dos días vació el refrigerador.

Si hace dos días había vaciado el refrigerador, tal como lo dijo la señora, entonces la nueva siesta había durado eso, precisamente, dos días. Me distraje pensando en cómo era posible que hubiera dormido tanto tiempo. Traición de mis cinco sentidos.

—Mírate, tienes la mirada perdida, Abel –dijo mamá, interrumpiendo mi reflexión–; te vas a regresar conmigo a casa, necesitas ayuda.

Ya había arreglado mi viaje de regreso y yo todavía no decía ni pío. No podía explicarle lo de la grieta, ni lo de mi querido Olaguibel, pero tenía en mis manos la excusa perfecta, aunque la utilicé más bien como reproche.

—Por eso repruebo el examen de física, mamá, porque me presionas.

—¿Lo volviste a reprobar? –preguntó aún más alarmada.

—¿Y qué querías, si la señora y tú piensan que tomo…? Además… –iba a hacerle un berrinche de niñito, pero, al fin me di cuenta de que tenía el pretexto en mis manos y que sólo faltaba que le diera forma– es por eso que casi no salgo del cuarto, mamá, me la he pasado estudiando como loco… en serio, no he dejado de estudiar, por eso casi no salgo…

—Pero volviste a reprobar.

—Sí… claro, ¿qué querías? Tú me presionas, me presiona la señora Santibáñez… y el maestro Liborio es quien más presiona. ¡No!, si el examen ya lo hubiera pasado, al menos con un siete, pero el maestro Liborio sólo aprueba los exámenes extraordinarios mínimo con un nueve. Y además acuérdate que reprobé por la culpa de Rodrigo, yo llevaba buen promedio. Y ahora me sales con eso... –cerré con una frase hecha, acompañada por el tono de voz que siempre usaba cuando me regañaban de niño–. ¡Es injusto!

—¿Y tus ojos?

—Ay, mamá, sigues dudando. Ya no están rojos –me aventuré.

Me examinó con cuidado.

—Pues sí, ya no están rojos –dijo y yo suspiré aliviado y agradecí las bendiciones del descanso.

—¿Y por qué no quieres que pase a hacer el aseo de la habitación? –preguntó la señora Santibáñez.

—Porque me interrumpe; señora, con usted adentro no me puedo concentrar, pero no tengo problema, puede entrar si quiere –le dije con seguridad, había puesto un póster tamaño pared de un corredor de motos, que tapaba el hueco de la grieta.

—De todas formas nos regresamos a la casa.

—¿Cómo crees, mamá? Tengo que presentar el examen, es dentro de dos semanas, tengo que estudiar.

Lo que siguió fue una plática acerca de otros temas, sobre cómo estaban todos en el puerto, que me extrañaban, que yo también los echaba de menos, que iba a estudiar muy duro y que tan pronto como pasara el examen regresaría a Veracruz, aunque ya con muy poco tiempo de vacaciones. Mi mamá se quedó más o menos conforme, pero me dijo que mi papá iba a viajar para estar conmigo en cinco días.

Parir cometas

Tras nuestra conversación, mi mamá se fue al día siguiente. Luego de las interrupciones impuestas por el cansancio de mi cuerpo y por la visita familiar, al fin había llegado el momento de ocuparme en lo que verdaderamente quería hacer: crear cometas.

Comencé a imaginar proyectos para inventar lo más parecido a uno.

Pensé en los fuegos artificiales, pero para eso necesitaría una fuente inagotable de pólvora, así que deseché la idea. Lo que necesitaba era un faro que funcionara por mucho tiempo y que fuera tan convincente como para engañar a Olaguibel.

En verdad me sentía mal por buscar mentirle a Olaguibel, pero le había prometido llevarle un cometa, no podía quedar mal ante él.

Utilicé las distintas lámparas que conseguí para iluminar la grieta cuando apenas se estaba formando. Hice que las alimañas corrieran con ellas en el interior del hueco, para ver cómo se veía su resplandor, pero aunque por momentos lograron bonitos efectos de iluminación, ninguno se parecía a un cometa de verdad.

Era evidente que no tenía la capacidad de fabricar un cometa con medios del mundo ordinario. Entonces se me ocurrió que si Efraín había creado a Olaguibel, yo, en mi mundo, podría crear mi propio cometa, después de todo, aunque no logré darle tanta luz a la gran oscuridad, había iluminado un poco mi espacio, así que ahí, en mis terrenos, debía ser tan poderoso como Efraín en los suyos.

—Igor, como estoy concentrándome y tengo los ojos cerrados, quiero que me avises cuando veas algo como un cometa, estoy creando uno, y quiero que sea muy parecido a Olaguibel.

—Sí, Abel, voy a estar pendiente –me contestó mi fiel alimaña que, luego del incidente con Aterrada, me trataba cada vez con más respeto, como si se sintiera culpable por algo.

Me puse a desear con fuerza que apareciera un cometa. Me concentré con todas mis ganas para que eso sucediera. Hasta me llegué a cansar físicamente de tanto esfuerzo en imaginar e imaginar. Llevaba concentrado ya varias horas de la grieta, cuando la voz inusualmente alterada de Igor me sacó del transe.

—¡Ahí está, Abel! ¡Ahí está!

Abrí los ojos pero no vi nada.

—¿Dónde está?

—Oh, creo que ya desapareció —me dijo Igor desilusionado.

—¿Pero qué fue lo que viste?, ¿era un cometa?

—Bueno, vi un destello, algo parecido a una chispa que apareció muy cerca de tu cabeza.

—¿Nada más?

—Sí, eso fue todo.

Nuevamente me concentré en mi creación. Había un cometa en mi mente, lo veía muy claro, era un poco más pequeño que Olaguibel, pero resplandecía de la misma manera, y también era adorable. El cometa volaba feliz en mi cabeza, pero se negaba a salir al espacio de la grieta, porque de pronto se topaba con pensamientos con el rostro del maestro Liborio que me regañaba primero y luego se reía porque me iba a reprobar para toda la vida. También aparecía la carita de Laura, entonces sentía sus labios suaves, sus mejillas contra mi cara, pero de inmediato se le afeaba el rostro con una mueca de desprecio y me gritaba que no quería verme. Hacía un esfuerzo por concentrarme nuevamente y entraba en escena otra vez mi cometa, desplazándose con todo y cauda.

Pensaba en lo feliz que se iba a poner Olaguibel al ver a alguien como él. Aunque no me podía concentrar completamente, tenía la idea de que Igor no me estaba auxiliando bien. Desde lo de Aterrada ya le había perdido la confianza, tal vez por eso la alimaña consejera actuaba diferente. Me parecía que Igor ya no era una fuente confiable de información y ayuda, así que por momentos yo mismo abría los ojos para ver si aparecía el cometa, pero nada, no veía nada, entonces cuestionaba a la alimaña.

—¿Estás seguro de que no apareció nada?

—Seguro, Abel, no ha aparecido nada desde que salió un pequeño destello de ti.

No podía crear un cometa, ésa era la verdad, tenía que afrontarlo.

Verdad

Fingir y aparentar eran dos características que me habían acompañado en toda mi vida hasta que me di cuenta de que no podía dar a luz a un cometa. Yo quería a Olaguibel por lo que era, él no tenía máscaras, era simple, decía y actuaba lo que realmente sentía, no aparentaba para quedar bien.

Me di cuenta de que había pasado gran parte de mi vida queriendo quedar bien con otros. Hacía las cosas para ser aprobado por mi grupo de amigos, y varios de ellos eran iguales a mí. No eran ellos mismos, eran algo así como una personalidad social, puros adolescentes buena onda. Al descubrir la falsedad en mi propia vida decidí ser auténtico, decir lo que realmente pensaba y deseaba.

Si yo quería a Olaguibel tal como era, entonces él debía quererme a mí tal como yo era: un cuate que no tenía, ni podía crear cometas; así era yo, lo comprendí claramente y también lo tenía que comprender Olaguibel.

Simplemente le diría la verdad. Lo mucho que me había costado tratar de crear un cometa, y lo duro que resultó darme cuenta de que no podía hacerlo.

Pero antes, tenía que ser sincero también con la gente del mundo ordinario, estaba asqueado conmigo mismo por tratar de aparentar tanto, tenía que eliminar las mentiras. Le hablé entonces a Alejandro.

—Hola, Alejandro, habla Abel.

—Ah… hola Abel –me dijo un tanto desilusionado.

—Ya sé que estás enojado conmigo… te usé gacho.

—¡¿Qué?!

—Con lo de Laura.

—¿Y por qué me hablas?, ¿quieres que le hable otra vez de ti a Laura?

—No, ya me diste todos sus datos, yo le puedo hablar. Sólo quería darte las gracias.

—¡Qué cursi!

—Ya sé, es cursi, pero es necesario decirlo, al menos para mí.

—¿Dijiste que me usaste?

—Sí, hombre, fingí que me importaba ser tu amigo, pero lo único que quería eran los datos de Laura. Bueno, no sé, podemos platicar más cuando regresemos a clases.

—Órale pues.

También le hablé a Laura.

—Hola, Laura.

—¿Quién eres?

—Soy Abel, ¿ya no me tienes registrado en tu cel?

—No… no quiero hablar contigo

—Sólo quiero disculparme.

—…

—Fui muy grosero contigo, me sentía superior, fui un tonto… te vi como inferior… bueno, no, como si ya fueras mi novia…

—¿Como si fuera un objeto?

—Ándale, un objeto que se puede usar cuando uno quiera…

—Eso no me gusta nada.

—Por eso me estoy disculpando, Laura.

—Bueno, ¿eso es todo?

—Sí… y ver si podría hablar contigo en dos semanas, cuando haya presentado la última vuelta del examen.

—Reprobaste otra vez.

—Sí, ese maestro Liborio… bueno, yo no estudié mucho de todas maneras.

—A ver si ahora sí pasas.

—Gracias. Y te lo digo de nuevo, perdóname, me vi muy mal, tú no sólo eres un objeto… digo, tú no eres un objeto, yo no puedo ser tu dueño, aunque soy dueño de muchas… muchas cosas, ya te contaré todo…

—Está bien. Adiós.

Laura se había mantenido con un tono de voz muy frío, seguramente seguía pensando que yo era un tonto, pero al menos me había dejado pedirle perdón, con eso me bastaba.

Había saldado algunas cuentas en el mundo ordinario, y si bien me sentía confundido, toda mi atención se centraba en la grieta y en regresar con Olaguibel. Y aunque tenía presente aprobar el examen y hablar con Laura, no estaba muy seguro de volver otra vez al mundo normal, mi principal interés estaba en el interior de la grieta. Tal vez ya me había transformado en un ser distinto. Todos me decían que olía a ajo, como las alimañas; rascaba mi mentón constantemente y mis ojos no resistían la luz, ésos eran cambios físicos importantes.

Pero de más valor aún eran mis cambios mentales y emocionales, realmente quería ir por Olaguibel, muy poco me ligaba al mundo ordinario y mucho me atraía en la grieta. De cualquier forma, decidí llevarme un libro de física para estudiar, ése sería mi único vínculo con mi lugar de origen. Estudiaría y si se me ocurría regresar, al menos no reprobaría otra vez el examen.

Más verdad

Regresé a la grieta en busca de Olaguibel con el firme propósito de decirle la verdad. No tenía ningún cometa, pero estaba yo, y realmente lo quería, era lo más sincero que había experimentado en mi vida.

Montado en una bicicleta de montaña me dirigí al encuentro con Olaguibel. No quise que las subalimañas me transportaran, no me quería aprovechar de ellas como si fueran mis esclavas; además, tener la capacidad de conducir por mí mismo y saber a dónde iba, me hacía sentir bien, poderoso. Descubrí que Igor sabía leer, así que lo senté detrás de mí y le pedí que leyera en voz alta las lecciones del libro de física.

Finalmente, luego de varios capítulos leídos, y de pensar una y otra vez en el cometa, al fin llegamos al mundo de Efraín, vaya que era más rápido ir en bicicleta.

De nueva cuenta recorrimos sus espacios verdes que me hacían recordar los golfitos de la ciudad, con su pasto artificial, sus adornos exagerados y el perfecto acomodo de todo para que no se interrumpiera el paso.

No fue necesario que mis alimañas capturaran a las dulces criaturas de Efraín, ahora nos daban la bienvenida y nos invitaban a pasar. Un grupo de ellas nos guio hasta el corazón de ese mundo, donde se encontraba Efraín.

Muchas cosas habían cambiado desde que nos vimos por última vez Efraín y yo. En primera, él ya no tenía aquel semblante de regañón ofensivo, y yo, seguramente, no tenía la misma cara de bobo, sabía mucho más.

—Eso se llama jugar bien el juego, Abel, me da gusto verte.

—A mí también, Efraín.

—Has avanzado mucho, te felicito. Pero sobre todo, te quiero agradecer que hayas traído de regreso a Olaguibel, en serio, Abel, te lo agradezco mucho; lo busqué por mucho tiempo y nada, me regresé muy desilusionado a mi espacio y tú... simplemente lo trajiste de regreso, gracias.

—Está bien.

—Eres otra persona comparada con aquélla que vi en tu mundo.

—Eso mismo estaba pensando. Tú también te ves cambiado –le respondí.

—Mi búsqueda terminó gracias a ti. En verdad te lo agradezco, Abel, lo que hiciste por mí es invaluable.

¿Qué estaba diciendo ese tipo? Yo no había hecho nada por él.

—¿Cómo está Olaguibel? –le pregunté sin poder disimular los deseos que tenía de verlo.

—Está muy bien.

—Quiero verlo.

La sonrisa de Efraín se transformó en mueca, hasta entonces noté que su semblante amable era forzado, en realidad no estaba tan contento de verme.

—Mira, Abel, Olaguibel está pasando por una etapa un poco difícil.

—De verdad que me gustaría verlo

—Sí, claro, lo verás… pero, ¿no te gustaría pasar a mi jardín especial? Ahí te podría enseñar algunos trucos para que decores tu espacio.

—Lo quiero ver, Efraín, tengo que hablar con él.

—Bien, te prometo que lo verás, pero insisto, quiero ser un buen anfitrión, ven conmigo… no te preocupes, hoy mismo lo verás. Vamos.

Efraín comenzó a caminar sin esperarme, hice que las alimañas me acompañaran de cerca, como si fueran mi escolta de guardaespaldas. Entramos al jardín de Efraín y no me pareció que tuviera algo de especial, era igual a todo lo demás. Igor entonces me hizo notar que dos camastros estaban justo al centro del jardín, bueno, esos muebles sí eran distintos al decorado de todo lo demás. Le di una palmadita de agradecimiento al jefe de mis *guardaespaldas*.

—Acuéstate, Abel –comenzó Efraín–, aquí hice prácticamente todo el decorado de mi mundo.

Me acosté en uno de los camastros, el cual era igualito a cualquiera de los que hay en las playas.

—Te voy a enseñar a poner habitable el entorno, no basta sólo con ponerle un poquito de luz a un lugar sin vida. Cierra los ojos y concéntrate en un detalle que quieras ponerle a tu mundo. ¿Qué tal un prado perfecto como el mío?

Efraín hablaba muy aprisa, como si estuviera diciendo un discurso aprendido de memoria. Por esa rapidez en sus palabras, por poco se me escapa lo que había dicho de entrada.

—Espera, espera un poco… –lo paré–, ¿cómo sabes que mi mundo tiene sólo un poco más de luz?, ¿cómo sabes que ya no está totalmente oscuro como cuando tú fuiste?

—Yo no dije eso, Abel.

—Sí lo dijiste. ¿Qué te pasa? Estás a la defensiva.

—Está bien, mandé a alguien de mi gente para que te siguiera.

—¿Por qué?

Efraín se quedó callado.

—Es por Olaguibel, ¿verdad? –le pregunté para terminar esa farsa.

No respondió.

—Necesito verlo, Efraín, sí me interesan tus trucos, pero primero quiero hablar con Olaguibel. ¿Está contigo? ¿No se te escapó otra vez?

—¡No! Olaguibel está conmigo, tal como debe ser... tu mundo es un asco, Abel, debes cambiarlo, yo te puedo enseñar cómo...

—¡No me interesa poner un golfito en mi espacio! –le respondí, ya molesto–, quiero ver a Olaguibel...

—¿Traes tu cometa? –preguntó interrumpiéndome de golpe.

—Es un tema que no voy a tratar contigo.

—¿Lo traes? –preguntó francamente desesperado.

—A ti no te voy a decir nada.

Efraín comenzó entonces a reír descontroladamente.

—No lo traes, ¿verdad? –siguió riéndose–, no eres lo suficientemente bueno como para crear uno, ¿no es así?

Me levanté del camastro decidido.

—Ya estuvo bueno, quiero ver a Olaguibel .

Efraín dejó de reír. Parecía que se había liberado de un gran peso, su rostro cambió, ya no era forzado, era el mismo Efraín que había conocido, aunque su expresión tan severa se había suavizado un poco, tenía un dejo de tristeza en su mirada; pero no seguí analizando su rostro, estaba ansioso de ver a Olaguibel.

—Dime dónde está.

—Yo te llevo, tranquilo.

Me guio sin decir nada por un gran pasillo adornado con flores y hierbas de distintos tonos de verde. Empezaban a darme náuseas los decorados de Efraín, había pasado de la sorpresa inicial del que ve un pastel decorado con merengue, hasta quien está empalagado de comer mucho dulce. Llegamos hasta un domo blanco del tamaño de un edificio de tres pisos, las alimañas me seguían, cumpliendo su tarea de escoltas.

—Aquí está Olaguibel. Sólo que me parece que no le dará mucho gusto verte; no lo lastimes, por favor.

Me parecieron ridículos sus consejos, Olaguibel estaría muy contento de verme, tal como yo lo estaba, y nunca pensaría hacerle ningún daño al cometa.

Entré al domo, por adentro parecía un planetario escolar, la bóveda estaba llena de estrellas. La oscuridad le sentaba bien a Olaguibel, se notaba más su brillo. Ahí estaba, en lo más alto, haciendo ver ridículas a las estrellas de artificio que Efraín le había agregado al espacio. Pensé en lo tonto que me hubiera visto con mi lamparita.

Olaguibel notó mi presencia, opacó su brillo para no lastimar mis ojos y se acercó de inmediato. Me habló con ese lenguaje sin palabras.

—¡Abel, te he estado esperando!

Al fin la ansiada presencia de Olaguibel. Nuevamente estaba junto al cometa. Me tardé en contestarle, estaba demasiado emocionado, me sentía feliz de estar a su lado.

—Hola, Olaguibel, volví para estar contigo.

—¿Lo trajiste?

El cometa estaba tan emocionado como yo, o más, esperaba que cumpliera con mi promesa. Y al verlo de nuevo, me dieron ganas de mentirle, de decirle que pronto tendría a su compañero cometa, que yo se lo daría para que fuera completamente feliz, que todo iba a estar bien, que nada le pasaría mientras estuviera a mi lado…

—¿Lo trajiste? –volvió a insistir.

Entonces hice lo más valiente que había hecho hasta ese momento de mi vida, de acuerdo con lo planeado, le dije la verdad.

—No lo traje… nunca he tenido un cometa, Olaguibel. Sólo quería estar contigo… no sé por qué, pero sólo quiero estar contigo.

Respiré profundamente, casi me caigo luego de la confesión, me sentía mareado y, al mismo tiempo, aliviado.

—No hay cometa.

Fue lo único que dijo Olaguibel. Intenté explicárselo; le hablé sobre mis esfuerzos para crear un cometa, sobre lo mucho que sufrí al no lograrlo; le insistí en que lo importante era que le estaba diciendo la verdad, y que nos encontrábamos juntos; pero Olaguibel no respondió, lentamente subió hasta lo alto de la bóveda y ahí se quedó inmóvil. Tal como percibía su maravilloso encanto con sólo estar cerca de él, igualmente sentí su rechazo; Olaguibel estaba triste, o tal vez enojado, no podía distinguir claramente su sentimiento, de lo que sí estaba muy seguro era de que no quería platicar, ni estar conmigo.

Inmóvil, sin cauda, en lo alto de la bóveda, parecía un pequeño sol más que un cometa.

Muy triste, salí del planetario y caminé hasta donde se encontraba Efraín.

—Es tiempo de que te vayas, Abel –soltó de inmediato Efraín.

—Yo me quedo –le respondí también rápidamente, sin pensarlo.

—Olaguibel no te esperaba a ti, lo que quería era tu cometa; y si no se lo trajiste, no tienes nada que hacer aquí.

—Me voy a quedar, Efraín, Olaguibel comprenderá.

—No lo hará, yo lo conozco mejor que tú, así como es adorable, también es soberbio, egoísta.

Ahí estaba nuevamente el Efraín agresivo que conocí en mi mundo. Luego de lo que había pasado con Olaguibel, era el peor momento para soportar a ese Efraín.

—No quiero hablar contigo, déjame solo –le dije.

—Vete ya, Abel.

—Déjame solo –le repetí.

Efraín se marchó, iba acompañado de cuatro de sus tiernas "gentes", como él les decía. Yo me quedé solo, pensando. Tras de mí, a unos metros, mis alimañas imitaban mi postura y actitud.

Hasta ese momento, me di cuenta de que el rechazo de Olaguibel estaba doliéndome mucho. Nunca había hecho un esfuerzo tan grande para ser completamente sincero, y aún así, el cometa no quería comprenderlo.

Estaba dolido y decepcionado, pero comprendía que Olaguibel también pasaba por un momento difícil, así que decidí esperar a que el enojo y la tristeza iniciales se le bajaran.

Me puse a estudiar el libro de física, aunque sólo por momentos me podía concentrar en lo que leía, pues Olaguibel continuaba inundando mis pensamientos. Decir la verdad no me había servido de mucho con él; y eso sí que hacía que me sintiera muy mal, me parecía que era una injusticia.

Descrear

—Te dije la verdad, Olaguibel.

—Me engañaste desde un principio.

—Sí, fue un error, pero ahora soy completamente sincero.

—No hay cometa.

—Pero estoy yo.

—No eres un cometa.

Ése fue el único diálogo que pude entablar con Olaguibel en los días siguientes que pase en la grieta. Era obvio que yo no le interesaba al cometa y, sin embargo, mi obsesión hacia él creció aún más.

Comprendí claramente que mi sentimiento por el cometa no era lo mismo que, por ejemplo, lo que me atraía a Laura, o el amor que sentía por mi familia. Lo de Olaguibel era como la suma de todo lo que quería

lograr en la vida, era como si todas mis metas estuvieran reunidas en su cuerpo luminoso; no lo sabía explicar, pero el cometa tenía un extraño poder que hacía
que me identificara con él.

Olaguibel tenía que responderme, yo le debía importar, tenía que ser imprescindible para él, como él lo
era para mí. Sólo pensaba en eso, habitaba una idea fija
en mi cerebro, como una máquina que, por el simple
hecho de estar consciente, o de respirar, se accionaba
y apretaba el *botón Olaguibel*; entonces aparecía en mi
cabeza la imagen del cometa como si fuera yo mismo
en busca de mis metas, y me frustraba porque yo a él
le importaba muy poco. La maquinaria no descansaba,
ni se desgastaba. Sin embargo, mi mente se cansaba y
desgastaba de tanto pensar lo mismo, esa máquina me
robaba energía vital.

—Tienes que irte, Abel –insistió Efraín.

—Me voy a quedar hasta que Olaguibel me per-
done y…

—¿Y te quiera como tú lo quieres?

—No dije eso.

—Yo estoy esperando lo mismo, Abel, pero yo lo
conozco desde siempre, mucho antes que tú, soy su
creador, su esencia es mi esencia.

—Yo percibo mi esencia en él –le dije.

—No, te estás engañando.

Me di cuenta de que Efraín tenía una maquinaria
como la mía en su cabezota, pero la suya estaba instalada

desde mucho tiempo atrás, pensé en lo desgastada que estaba su mente.

—No me vas a mover de aquí, Efraín.

—Olaguibel es mío, Abel, no tienes ni una sola oportunidad.

La cara de Efraín era de desesperación. Se volvió a marchar. Regresé con Olaguibel.

—Vamos, Olagui, dime algo.

—No eres un cometa –me respondió, triste.

—No, no lo soy, y no puedo crear uno, pero no me gusta verte así, en este espacio tan pequeño, ¿sabías que ahora te ves menos brillante?

Olaguibel se quedó callado nuevamente, así que le dije:

—Bueno, comprendo que estés enojado conmigo, he sido egoísta, creo que llevo unos años siéndolo. Al menos dime en qué te puedo ayudar.

—Sácame de aquí –me pidió.

No esperaba esa respuesta, porque no me había dado cuenta de su situación.

—¿No puedes salir por ti mismo?

—No.

Efraín lo tenía preso. Me sentí muy estúpido al no haberme dado cuenta desde antes.

—¿Cómo te puedo sacar?

—Dijiste que me ayudarías.

—Efraín te metió aquí, él debe saber cómo sacarte.

Salí del domo, fui a buscar a Efraín y le dije:

—Tienes que sacar a Olaguibel, él no sabe cómo salir –le dije apresuradamente a Efraín.

—Claro que no sabe y no debe saber.

—Lo tienes preso, Efraín.

—No, no está preso.

—No puede salir, eso es estar preso.

—Llámalo como quieras entonces. Él no saldrá del domo.

—¿Por qué lo apresaste?

—No quiero que se vuelva a escapar, es mío.

—De verdad que estás mucho peor que yo, tienes la mente desgastada.

—Vete ya de mi mundo, Abel, aquí yo hago lo que me plazca, y eso es muchísimo más de lo que tú puedes hacer en tu espantoso espacio.

Maldije a Efraín por su terquedad y regresé al domo.

—Tal parece que lo único que te queda es destruir a Efraín, Abel.

Era la voz de Burlas, pero no lanzó ninguna carcajada, sólo sonreía maliciosamente detrás de mí.

—Mejor no lo escuches –me dijo Igor.

—¿Cuál es tu plan, Burlas? –le pregunté.

—Aprésalo, nosotras te podemos ayudar, somos más fuertes que sus alimañas.

Nuevamente Burlas no se reía, por primera vez hablaba en serio. Efraín cometía una injusticia con Olaguibel, así que si lo apresábamos, lo obligaríamos a que me dijera cómo liberar al cometa.

—Bien, comiencen atrapando a sus *gentes*.

Las alimañas se pusieron de inmediato a obedecer mi orden. A diferencia de la primera vez en que entramos al mundo de Efraín y mis alimañas dominaron fácilmente a las suyas, ahora, sus criaturas amables y bondadosas ofrecieron resistencia, se movían desesperadamente para no ser atrapadas, rasguñaban y mordían, pero mis alimañas eran más veloces y fuertes.

Esa parte de mi mundo sí le ganaba al de Efraín. Hasta Aterrada e Igor participaron en las capturas. Burlas había tomado el liderazgo y la obedecían cabalmente.

No tardaron mucho en tener atrapados a un buen número de esos seres. Les dije que los metieran al domo, ésa era una buena cárcel. A mí me bastaba con abrir la puerta, pero si a Olaguibel le parecía imposible salir, supuse que pasaría lo mismo con aquellos seres y no me equivoqué.

De nuevo fui con Efraín.

—Tenemos a tus *gentes* atrapadas, suelta ya a Olaguibel.

—Mira, Abel, ya deberías estar cansado de esto, Olaguibel no es tuyo, es mío.

—Libera al cometa, Efraín.

—Desde que te conocí me pareciste un muchacho muy estúpido, no puedes entender lo que digo. Lárgate de mi mundo.

—Aquí estamos, Abel –dijo Burlas detrás de mí.

—Atrápenlo –les ordené a las alimañas. Éstas se abalanzaron contra Efraín y lo apresaron de inmediato.

—Te voy a soltar hasta que liberes a Olaguibel.

—Estás enfermo, Abel, ya llegaste demasiado lejos, diles que me suelten.

—Tú eres el enfermo, lo que quiero es que liberes a Olaguibel, eso es todo. Suéltalo y nos vamos.

—Olaguibel se queda donde está.

Dejé apresado a Efraín, resguardado por Apática e Igor. Me dirigí al domo para ver la manera de sacar al cometa. Estudié su estructura, su composición, y nada. No se me ocurría cómo liberar a Olaguibel.

—Efraín se niega a sacarte de aquí, y yo no tengo idea de cómo hacerlo –le dije a Olaguibel.

—No me has podido ayudar.

—Tienes razón, pero, al menos dime, ¿cómo le hizo para meterte aquí?, ¿cómo se te ocurre que te pueda sacar? –le pregunté.

—Me tendió una trampa, por eso estoy aquí; cuando te traje aquí pensando que éste también era tu mundo, hizo que me metiera en este lugar. Es una buena trampa porque no sé cómo salir. Pero si no me quiere sacar, preferiría morir. Para un cometa, lo único peor que existe además de estar solo, es estar atrapado sin poder viajar. Mátame. Sólo tienes que mojarme. Si el agua toca mi cuerpo dejaré de existir.

—No, no… yo no te podría hacer eso… Efraín tiene que comprender. Te quiere mucho, si sabe que te está haciendo daño, te dejará salir.

—No conoces a Efraín, a él le basta con tenerme, no le importa si estoy bien o mal.

Regresé por enésima vez con Efraín. Lo intenté convencer con palabras, pero Efraín estaba empeñado en salirse con la suya. Me dio mucha rabia que sólo pensara en sí mismo y no en el bien del cometa. Deseé que un naranjo que estaba al lado de Efraín –el cual era absolutamente perfecto–, lleno de esferas anaranjadas y flores de azahar, desapareciera con toda su perfección antinatural. Lo deseé tan vehementemente, que quedé exhausto por el esfuerzo y, finalmente, el árbol desapareció. Jadeante todavía, tardé unos segundos en darme cuenta de lo que había deshecho. Tenía, al fin, algo con qué obligar a Efraín.

—Si no sacas a Olaguibel, desaparezco tu mundo de golfito –le dije decidido.

—No eres lo suficientemente poderoso, Abel, es más, eres muy débil como para poder hacerle algo más a mi creación.

Empecé entonces a concentrarme en los adornos florales que nos rodeaban en ese momento. También los desaparecí. Poco a poco fui terminando con el decorado de unos cinco metros a la redonda. Quedó como una muestra de mi propio espacio, un cuarto vacío sin ventanas, con el piso negro. Tal vez yo estaba más fuerte y Efraín más débil. Efraín se puso a llorar de coraje.

—Estúpido, es fácil destruir las cosas, pero te lleva mucho tiempo crearlas. ¿Sabes la cantidad de detalles que le puse a cada flor, a cada hoja?, y tú llegas y las destruyes… no sabes crear el juego, sólo destruirlo.

—Libera a Olaguibel, sé jugar el juego mucho mejor de lo que crees.

—No.

Estaba empezando a agotarme, pero seguí con mi tarea de descrear el lugar de Efraín. Aunque me seguía cansando, cada vez se me hizo más fácil destruir los decorados, no estaba seguro de si mi poder era mayor, o si las creaciones de Efraín eran demasiado endebles. Al menos deshice una gran porción de terreno que nos rodeaba, se veía a lo lejos que habían más jardines y árboles, pero en nuestro entorno cercano no había más que las alimañas, Efraín y yo.

—Libera a Olaguibel –le insistí.

Efraín era más terco de lo que pensaba, se quedó callado, cerrando la boca con una mueca arrugadísima. Yo ya estaba muy cansado, fui entonces al domo.

Frente a aquella prisión me concentre con todas las fuerzas que me quedaban, pero, a diferencia de los decorados, el domo no se deshacía, era mucho más sólido.

No aguanté más, me tiré al piso para descansar. Las acciones más severas que tenía planeadas contra

Efraín podían esperar. Dormí profundamente, sin soñar, como lo hice en las primeras incursiones a la grieta. La tarea de descrear me había agotado.

Siniestro

Después de la siesta desperté realmente de mal humor.

—Puedo acabar con todo el decorado de tu mundo, Efraín, si me dedico a hacerlo, puedo destruirlo todo. No te va a quedar nada, suelta a Olaguibel –le dije con rabia.

—No.

No es justificación, pero estaba muy enojado, una vez más salió lo peor de mí.

—Háganle cosquillas –ordené.

Las alimañas comenzaron a hacerle cosquillas en los pies descalzos, el cuello y bajo los brazos. Efraín reía y reía hasta que pidió una tregua.

—Alto –les ordené.

Un solo cuerpo se incorporó dejando a Efraín tirado en el suelo. Pensé que había regresado Aterrada a su gran tamaño, pero cuando le vi el rostro a la alimaña, comencé a sudar frío, era Burlas y Enojona, juntas, en una sola cara, y con un gran cuerpo.

—Tenemos que hacerle más cosquillas –me dijo con un sonido que conjuntaba las dos voces.

—Queremos que suelte a Olaguibel, nada más. Seguramente ya quiere hacerlo –le contesté reuniendo valor–, ¿verdad, Efraín?

—Olaguibel se queda donde está –respondió Efraín con dificultad.

La gran alimaña se lanzó de nuevo a hacerle cosquillas a Efraín, pero de pronto también empezó a picotearlo con los dedos, y se veía que no eran piquetes suaves.

—¡Basta!, ¡no te aloques! –le grité.

La alimaña se volvió muy enojada contra mí.

—Siempre dudas, no haces las cosas bien. Decídete de una vez –me dijo llena de resentimiento.

Era un ser realmente siniestro, si Aterrada grandota daba lástima y miedo, Burlas y Enojona daban sólo miedo. Al fin comprendí lo que le ocurrió a Aterrada, todas las alimañas se habían fusionado en una, y ella se había puesto muy fuerte y conservaba el control. En ese momento les había pasado lo mismo, pero con otros a cargo.

Tenía que conservar el mando manteniéndome firme, lo último que quería era que mis únicos aliados se volvieran contra mí, tal como lo había hecho Aterrada, así que dirigí su odio a un blanco externo.

—Tranquilo, Siniestro, así te voy a decir, te queda bien. Recuerda que nos interesa rescatar a Olaguibel... no lastimar a Efraín.

—A cualquier precio tenemos que liberar a Olaguibel, eso incluye destruir los decorados de Efraín y al propio Efraín –me dijo Siniestro.

—Vamos, Efraín, ya ves cómo están las alimañas, suelta al cometa.

—Perdiste el control por completo, Abel, tus alimañas son sólo el reflejo de tu descontrol, siempre he dicho que no eres más que un deshecho –contestó todavía con arrogancia, Efraín.

—Libera a Olaguibel.

—¡No!

—Entonces, lo que sigue es eliminar al cometa –dijo Siniestro, y sonrió con la misma mueca de Burlas.

Dudé un poco, pero me pareció que tal vez ése era el único camino posible.

—¿Oíste, Efraín? Sabemos cómo hacerlo. Olaguibel me dijo que prefería morir a estar encarcelado –amenacé a Efraín.

—Ya no le digas nada, Abel, vamos a eliminar al cometa –me apuró Siniestro.

—Bien, llevaremos a Efraín para que vea que hablamos en serio.

Me sentía confundido, además de ansioso, quería que Efraín entendiera que el cometa no era de su propiedad, que realmente estaba sufriendo encerrado en ese domo. Cuando Siniestro amenazó con eliminar a Olaguibel, creció más mi ansiedad, sentí que la sangre en mi cabeza corría como río de aguas termales, calientes y vaporosas, por eso continué con el juego de la alimaña; si yo no podía tener a Olaguibel, tampoco Efraín.

Siniestro cargó a Efraín hasta el domo. Caminé decidido, había destruido mucho del decorado de Efraín y la inercia de seguir haciéndolo hizo que mis manos comenzaran a sudar; no apareció la bola en mi pecho, pero sí algo como un monstruo reptil ponzoñoso, de saliva pestilente e infecta. Decidido, agarré la cantimplora que llevaba en mi bicicleta.

El que decide

Me sentía como el adolescente duro, cruel, que se dirige a una pelea a la hora de la salida de la escuela.

—Le voy a echar agua a Olaguibel, Efraín, dime cómo liberarlo.

Ahí estaba, en medio del interior del domo, diciendo esas palabras que salían más bien del reptil asqueroso que se arrastraba en mi pecho; estábamos representando un sacrificio y me sentía con el carácter del verdugo: sin compasión alguna.

Efraín estaba muy nervioso a un lado mío, apresado por Siniestro; Olaguibel, mansamente, estaba estático bajo la cantimplora, dispuesto a morir bajo su chorro.

El cometa había perdido su gran resplandor, ya no era un sol, nada de cauda; en ese momento apenas era una bola fosforescente.

—No lo hagas, Abel, no lo hagas… –dijo Efraín con un tono de voz extraño.

—Cállate, tú eres realmente el que lo va a matar –dijo Siniestro.

—Vamos, Abel, no deseas matarlo, lo quieres tanto como yo –insistió Efraín, manteniendo ese raro tono de voz.

—¡Libéralo! –le dije con un grito descontrolado. Latía rápidamente mi corazón, respiraba con dificultad, mi frente estaba perlada por el sudor, y el monstruo reptil se había subido quemando mi garganta como un buche de jugos gástricos. Sin embargo, en mi pensamiento observaba la escena en perspectiva, como si estuviera viendo una pintura a unos metros de distancia.

Me hervía la sangre, ahí, junto a Olaguibel, Efraín y Siniestro, y, al mismo tiempo, me sentía por completo ajeno al momento. Efraín pareció notar algo en mi actitud, porque quiso acercarme más a la escena, intentó echarle más ácido a mi indigestión.

—Ni siquiera eres capaz de cumplir con tus amenazas.

Efraín lo logró, dejé de contemplar la pintura a la distancia y me metí de lleno al cuadro. ¿Me pedía que matara a Olaguibel?

Efraín continuó:

—Él es una trampa, ¿no lo ves? Uno lo llega a adorar, pero él nunca te puede querer siquiera un poco… él no puede querer… –insistió.

—Él podría querer a otro cometa… –le dije, mientras comprendía cada vez mejor lo que significaba el cambio en el tono de voz de Efraín.

—No hay otros cometas…

—Entonces Olaguibel también vive en una trampa, está solo.

—Existe porque debe existir para nosotros, para mí, para ti, para el que lo atrape. Es el objeto de todo nuestro amor, existe porque es una trampa.

—¿Por qué lo creaste así?

—Todo ha sido inútil, construí este mundo para él, todos los campos, todas las flores, éste es un mundo ofrenda para él, y ahora lo has destruido; pero no importa, porque, finalmente, él nunca lo aceptó. Olaguibel huye de mí, no me quiere, no me puede querer.

—Entonces tú no lo creaste –dije con certeza.

—No.

Lo que me parecía extraño de la voz de Efraín era su acento; al fin estaba hablando sin fingir. Amaba con locura al cometa, pero sufría por él en la misma intensidad; lloraba por él y al mismo tiempo pedía su muerte. Y como él no tenía el valor para eliminarlo, ahora quería que otro, es decir, yo, lo hiciera. Me sonrojé al sentirme parte de una canción de cantina.

—Libéralo entonces, que se vaya –le dije.

—Lo tendría que seguir otra vez, hasta capturarlo de nuevo, lo volvería a encarcelar.

—Ya no lo sigas.

—No puedo controlar el amor que siento por él, como tú tampoco puedes.

—Ya no lo escuches –gruñó Siniestro.

—Termina ya –dijo Olaguibel.

—Sí, termina ya –pidió Efraín, quien bajó su mirada al piso, la confesión lo había dejado exhausto.

Una vez más me vi en perspectiva, sostenía la cantimplora sobre el lomo del cometa, en una escena en la que parecía que estaba a punto de verter el agua letal. Asumía el papel de malo despiadado; estaba sudando, me temblaban las piernas, contuve la respiración y tomé la cantimplora con fuerza...

—Mátame –pidió Olaguibel.

—¡Mátalo! –ordenó Siniestro.

—¡Acaba ya con esto! ¡Acaba con la trampa! –suplicó Efraín.

Unas gotas y mataría a Olaguibel, sólo unas cuantas gotas...

Con un movimiento decidido derramé el contenido de la cantimplora en el interior de mi boca, disolví al monstruo ponzoñoso de mi garganta a fuerza de grandes tragos.

—Me voy. Siniestro, suelta a Efraín –ordené.

—Pero...

—¡Suéltalo! –le grité.

Salí del domo con pasos firmes, seguido de Siniestro que estaba realmente enojado.

—Eres un cobarde, Abel. Dejaste al cometa a merced de Efraín, nunca lo va a sacar de ahí y tú tienes la culpa.

Me volví hacia Siniestro y le dije:

—Sé que no me va a entender tu cerebro primitivo que sólo busca sangre, pero no tengo por qué aferrarme a estar en lo correcto si en verdad estoy equivocado. No quiero permanecer así, creyendo que hago bien las cosas, eso lo acabo de aprender; puedo admitir mis equivocaciones y corregirlas…Ya he hecho demasiado daño, destruí una buena parte del mundo de Efraín; además, Olaguibel no es su creación, ni mi creación, ¿qué tengo que hacer aquí? ¿Por qué tengo que resolver los problemas de Efraín matando al querido Olaguibel…? No puedes responder, ¿verdad, Siniestro? Yo tampoco, por eso nos vamos.

—Eres un cobarde, regresa y acaba con el cometa.

—No entendiste nada, lo sabía.

Caminé hasta donde estaba mi bicicleta. En ese momento sentí que la confusión de emociones había desaparecido, mi sangre corría normalmente, ya no había monstruo.

Tras de mí escuché la voz enloquecida de Siniestro: "¡Quedaste como un tonto ahí adentro, no sirves como líder!", sentí un fuerte golpe en la nuca, la gran alimaña se había arrojado contra mí. Pero, como si fuera de cristal, el cuerpo de Siniestro se despedazó al chocar contra mi espalda, y cual trozos del cuerpo que se rompió se estrellaron contra el piso las cinco alimañas en su tamaño original.

Las observé por unos instantes, se veían tan sorprendidas como yo. Mientras me sobaba la cabeza, estuve completamente seguro de que yo les daba forma a esos seres, dependían de mí, había hecho crecer a Burlas y Enojona, porque estaba muy enojado, con deseos de castigar a Efraín. Cuando disolví el deseo de vengarme, el odio que cohesionaba a Siniestro con la masa de las otras alimañas, desapareció, tal como ocurrió con el miedo que cohesionaba a la gran Aterrada, cuando me liberé de ella. Dependían de mis sentimientos, el gran problema era que no siempre podía controlarlos.

Si tenía que cuidarme de alguien, era de mí mismo.

Igor llamó mi atención con unos jaloncitos a mi camisa, señaló hacia arriba: un hermoso resplandor iluminaba el cielo de ese mundo, ¡era Olaguibel! ¡Efraín lo había liberado! Quise seguirlo, estuve a punto de pedalear con fuerza para alcanzarlo, pero no lo hice.

Me impuse a la maquinaria mental que accionaba mis pensamientos sobre él. Olaguibel, tal como lo dijo Efraín, era algo muy parecido a una trampa. La maquinaria se apagó, nada tenía que hacer con el cometa; matarlo, liberarlo, cualquier acción me habría entrampado más con Olaguibel: el remordimiento o la búsqueda eternos. Y lo supe cuando me vi en perspectiva, esa imagen de malo despiadado me pareció ridícula y totalmente ajena, simplemente no era yo, estaba peleando una guerra que no era mía.

—¿Cómo sabías que lo iba a soltar? –preguntó Igor.

—Le mostré que la verdadera trampa estaba en su propia cabeza, en esa máquina, yo tengo una muy parecida. Efraín se liberó de dos trampas: Olaguibel y su propia máquina mental.

—¿Y tú, Abel?, ¿te liberaste de alguna trampa? –me preguntó Igor.

—De más de dos, Igor, de más de dos –le respondí con seguridad.

Me subí a mi bicicleta y pedaleé por mí mismo, mientras intentaba leer el libro de física que descansaba sobre el manubrio. Alcancé a estudiar muy poco, las lecciones de física se entremezclaban, ya no con el deseo de ver a Olaguibel, sino con la determinación de olvidarlo.

Las alimañas me seguían casi al mismo paso. Regresaba a mi espacio semioscuro, regresábamos a casa.

Atando cabos

Marea de grieta dentro

—Ya no puedes entrar, Abel.

—Pero si apenas llegué tarde cuatro minutos.

—Ya no puedes entrar porque lo digo yo, no tu reloj.

El maestro Liborio seguramente esperaba que le hiciera un berrinche en ese mismo momento, quería verme patalear, lo supe cuando vi su sonrisa de autosuficiencia, me tenía en un puño. Pero no me dejé atrapar, conocía el reglamento de los exámenes extraordinarios, así que, tranquilamente le dije:

—Maestro, conozco el reglamento, y usted también, los alumnos tenemos hasta cinco minutos después de la hora para llegar a presentar los exámenes extraordinarios. Yo sólo llegué cuatro minutos después.

—No vas a entrar.

—No queremos romper el reglamento, ¿verdad?

Pasé como si nada, rozando por un lado el metal de la puerta, y por el otro, la panza del maestro Liborio, que olía a lavanda. Tal vez intercambiamos olores, él perfumó mi brazo y yo le dejé mi aroma a ajo en su panza. Sorprendido porque no le seguí el juego, el maestro Liborio no pudo reaccionar y simplemente repartió los exámenes; sólo estábamos Rodrigo y yo.

—Es mi deber informarles que ésta es su última oportunidad para aprobar la materia de física, y también es la más difícil, porque en este examen aparecen todos y cada uno de los temas que vimos en el año. Si reprueban, volverán a estudiar cada uno de esos temas y repetirán la clase conmigo, para el próximo año escolar.

Antes de empezar a contestar su examen, Rodrigo me lanzó una mirada de rencor, yo me limité a sonreírle.

Ahí estaba, frente al examen de física; por fin, todos los ratos que pasé estudiando en el interior de la grieta tenían que rendir frutos. Había logrado llegar a tiempo, aunque cuando entré a mi recámara faltaban sólo veinte minutos para que comenzara el examen.

Soporté la tentación de lanzarme un clavado a mi cama, de asaltar el refrigerador, y hasta de ir al baño.

Cargué mi bicicleta, me puse los lentes para el sol de la pensionaria y conduje a toda velocidad hacia la escuela; me caí dos veces cuando intenté pedalear al estilo de como lo hacía en la grieta en la inmensidad de suelo gomoso, pero finalmente llegué a tiempo, y ningún maestro Liborio me iba a impedir sentarme en el pupitre ante el examen más difícil de física de la historia.

Me tardé unos segundos en comenzar a responder, todavía sentía la grieta dentro de mí, igual que uno siente el flujo de la marea y de las olas horas después de alejarse del mar y dejar de nadar.

Otro oxígeno, otra luz… me dio un mareo que casi me hizo caer, incluso el maestro Liborio hizo por acercarse a mí, pero no le di gusto, con todo y vértigo, taché una de las respuestas de opción múltiple que tenía ante mí.

Terminé como pude el examen, contestando conscientemente la primera mitad del mismo, y dejándolo a la suerte en la parte restante, no tanto porque no supiera lo que estaba respondiendo, sino porque mi cuerpo ya no resistió más y se reveló ante el cambio de mundo. Me exigía comer y dormir, además de ir al baño, todo con gran intensidad.

Así que las últimas preguntas las contesté mientras sentía un hambre de locos, aguantaba las ganas tremendas de ir al baño y soportaba un sueño que me hacía cerrar los ojos.

Al terminar el examen, no fue muy difícil establecer prioridades, corrí hacia el baño más cercano. Casi me quedo dormido sobre la taza, pero unos golpes en la puerta me despertaron; era Rodrigo, le dejé el baño libre, le dije que de verdad me sentía muy apenado por haber provocado que llegara hasta estas instancias con el examen de física, no me respondió, se metió de inmediato.

Fuera del baño, la urgencia entre dormir y comer se disputaban una atención inmediata.

Me revisé los bolsillos: nada de dinero, tenía que pedir prestado para comprar algo, pero se me acabó la gasolina, sólo alcancé a llegar a una jardinera. Para pasar desapercibido, me acosté detrás de unos rosales; en el mismo momento en que mi cabeza reposó en el pasto, me quedé profundamente dormido.

—¿Estás bien?

Esa pregunta, junto con un tronido de tripas tremendo, me hizo despertar luego de, tal vez, estar dormido por poco más de una hora. Me incorporé tambaleante, con la marca de algunos pastos en mi mejilla. Era Tania, la amiga de Laura, parada frente a mí. Vestía una minifalda holgada, así que al abrir los ojos le vi parte de sus bonitas piernas regordetas. Pero al subir la mirada, lo que me interesó más de Tania fueron las papitas fritas que traía en sus manos.

—¿Estás borracho, Abel? ¿Necesitas ayuda?

Me puse de pie rápidamente para estar de frente a las papas.

—¿Me das? –le pregunté.

—Sí... pero, ¿seguro que estás bien?

Le respondí con la boca llena que sí, que estaba bien. Tenía la bolsa en mis manos y todas las papas ya estaban en mi aparato digestivo.

—Uy, sí que tenías hambre.

—Sí, es que… no pude dormir, ni comer desde ayer… me la pasé estudiando.

—A mí me pasó lo mismo.

—¿Te fuiste hasta examen de suficiencia en español? –le pregunté incrédulo.

—¿Y tú al de física? –me contestó parodiando mi tono de voz.

—Sí, se siente feo llegar hasta estas alturas, ¿verdad? –le dije mientras me chupaba los dedos, saboreando las últimas partículas de papas que quedaban en mis manos.

—Sí, la verdad a mí no me entra ni la redacción, ni la ortografía. ¿Quieres comer algo en la cafetería?, se ve que sigues teniendo mucha hambre.

—Claro, bueno, una dona nada más, si me la invitas, yo luego te invito otra.

Finalmente me invitó cuatro donas y dos chocolates calientes. Se lo agradecí y le pedí su teléfono para invitarla en otra ocasión.

Comer, dormir y...

Los días siguientes después de mi regreso los pasé como si estuviera convaleciente de alguna rara enfermedad. No paré de comer y dormir. Aproveché para platicar con la pensionaria cada vez que bajaba a comer, me gané su confianza alabando todos sus platillos.

Hasta comí hígado encebollado. Me cabía todo, no le hacía el feo a nada. Y eso a la pensionaria la tenía fascinada. Cualquier resentimiento que la señora me hubiera guardado en todos los días que la pasé incomunicado por estar dentro de la grieta quedó borrado por completo, gracias a aquellas tardes, mañanas y noches que bajé a la cocina a comer todo lo que sus santas manos preparaban.

Mientras me recuperaba físicamente, empezó a crecer un pensamiento en mi cabeza, tenía que platicarle a alguien sobre la existencia de la grieta, y sobre mis aventuras en ella; y si había alguien con quien podría platicar sobre ello, ésa era Laura. Me imaginé junto a ella, comentándole todo lo que había vivido en el interior de ese mundo oscuro; supuse que podría comprender mejor mi comportamiento luego de que le contara todo. Además sería un arma muy importante para conquistarla definitivamente, para que aceptara ser mi novia, pues había decidido declararle mi amor.

Le marqué a su celular en varias ocasiones y no contestó; también le marqué a su casa, pero no pude hablar con ella, siempre contestaba su mamá, quien me decía que no estaba su hija o que estaba ocupada y no podía contestar. Toqué dos veces en su casa, pero el resultado fue el mismo, su mamá salió en ambas ocasiones a explicarme que Laura no estaba.

Llegó el día en que anunciarían los resultados de los exámenes extraordinarios; me preparé desde muy temprano para ir a la escuela. Estaba nervioso, mi estado no había sido el mejor cuando presenté el examen.

Al llegar a la escuela vi de lejos a Rodrigo, lloraba frente a la vitrina donde se pegaban las listas de los resultados, imaginé lo peor.

Cuando me vio llegar, Rodrigo se retiró, aguantando las lágrimas. Sólo había dos nombres en la lista, y frente a ellos, estaba el mismo número.

Sonreí ampliamente, salté de gusto y corrí espontáneamente a abrazar a Rodrigo.

—¡Pasamos, Rodrigo!, ¡pasamos! ¡Y en la cara del maestro Liborio…! ¿Por qué lloras?

Rodrigo se apartó de mí bruscamente.

—¿Qué te pasa?, no te voy a hacer nada –le dije.

—¡Un maldito seis! ¡Me puso seis! –logró decir Rodrigo.

—¡Pasamos! Eso es lo que importa, Rodrigo; Liborio es historia.

—¡Déjame solo! Tú tienes la culpa de este seis.

Rodrigo me dio la espalda y comenzó a alejarse de mí rápidamente. Lo empecé a seguir, algo que ya se estaba convirtiendo en una costumbre para mí; tenía que aclarar las cosas.

—Mira, reconozco que Liborio te mandó a extraordinario porque te pedí… bueno, te obligué a que me contestaras una pregunta… está bien, fue muy tonto poner mi examen en tu pupitre, fue estúpido, lo admito… pero ya se acabó todo, ya pasamos.

Detuvo su paso y se volvió contra mí, estaba muy enojado.

—¡Eso lo hubieras dicho desde que nos atrapó el maestro!

Y se fue.

Tenía que festejar mi triunfo con alguien, tenía que ver a Laura. Fui a su casa, si no la encontraba, la esperaría en la puerta hasta verla. Realmente había logrado una hazaña, dadas las condiciones en las que estudié para el examen. Laura tenía que saberlo, iba a gozar conmigo mi gran triunfo, le platicaría mis aventuras y tal vez hasta se animaría a conocer la grieta. La imagen de Olaguibel no desapareció de mi mente en todo el trayecto hacia la casa de Laura.

Ahí estaba, con su carita de niña buena, sus ojos intensos y profundos, y sus hermosos y diminutos vellitos en la frente. Laura abrió la puerta de su casa y me recibió con una expresión de sorpresa que se tornó en fastidio. Supe de inmediato que Laura no quería verme. También muy rápidamente supe por qué: detrás de ella apareció como un gallo de pelea, Alex, el amigo desinteresado.

—¡Deja de molestar a Laura! –comenzó diciendo con cara de matón.

—No la estoy molestando, sólo vengo a visitarla.

—¡Ella no te quiere ver! Eres un aprovechado, Abel, y no voy a dejar que lo seas con Laura.

Más que temor, Alex me daba risa, dentro de la grieta me había enfrentado a Efraín, Aterrada y Siniestro, no era rival para mí. Me dirigí a Laura.

—Laura, ¿qué pasa?, vamos a hablar.

Laura me contestó como heroína ofendida de telenovela.

—No te quiero ver más, Abel, no me gusta la gente aprovechada.

Alex me dio un empellón que me hizo retroceder.

—Vete de aquí, Abel.

Cerró la puerta casi contra mi cara. Me quedé inmóvil por unos segundos…

Definitivamente no había sido el rey de nada, estaba pagando las consecuencias por mi comportamiento anterior; pues sí, me había aprovechado de otros y en lugar de crear había sido bueno para destruir, dolía, pero era la verdad. Y ese comportamiento lo reflejé en la grieta, ¿qué hubiera terminado haciendo en su interior de seguir con el mismo comportamiento?

Pensativo, di media vuelta y casi choco de frente con Tania.

—Hola, ¿qué haces aquí? –me preguntó.

—Vine a ver a Laura y me corrieron.

—¡Huy!, ¿no me digas que no sabías?

—¿Qué?

—Laura y Alex son novios. Te hubiera dicho cuando comimos en la cafetería, pero pensé que ya sabías.

—No sabía. ¿Vienes también a ver a Laura?

—Sí, me va a acompañar a la secu para ver los resultados de los exámenes, pero yo creo que seguramente está un poco molesta.

—Te acompaño si quieres. Yo ya vi mi resultado…

—¿Y qué tal? –preguntó expectante.

—¡Pasé con un fabuloso seis!

—¡Bien!

Tania y yo fuimos a la escuela. Pasó su examen de español con ocho. Lo festejamos en la cafetería, me tocaba invitarla. Comimos donas con naranjada mientras platicamos sobre Laura y Alex. Me dijo que habían comenzado a verse más a raíz de las llamadas que les había hecho confesando mis errores de conducta. Me tomaron como tema de conversación y como el mal ejemplo que no se debía seguir si de amistad se trataba.

Siguieron platicando sobre mí, y finalmente se dieron cuenta de que se llevaban muy bien, así que se hicieron novios.

—Ni modo, Abel, te la ganaron. ¿Estás triste?

Le eché una mirada a mi interior, no, realmente no estaba muy triste, había sentido más feo cuando me di cuenta de que Olaguibel no era para mí; más bien seguía sorprendido.

—No, no estoy triste.

—Eres raro, Abel, desde que te vi aquella vez con Laura, me pareciste, no ofensivo, sino raro. Como que escondes algo.

—Ah, sí, discúlpame... sí, tengo algunos secretos... oscuros y extraños, aunque también tengo algunos brillantes como cometas, ésos son muy lindos.

—Cuéntame alguno.

—Otro día, Tania.

Conversé muy a gusto con ella y casi a la hora de despedirnos me di cuenta de que era muy agradable; estaba un poco gordita, tenía unas pestañas largas que le servían de marco a su mirada suave, tranquila; su voz hacía juego con sus ojos serenos y era muy simpática, eso fue lo que más me gustó.

Sí, pensé que tal vez algún día le podría enseñar la grieta a Tania.

Crear

Finalmente, luego de recuperarme físicamente, regresé a la grieta. Sentí ese lugar como algo mío. El tiempo en el que permanecí fuera de ella me sirvió para comprender que no podía desaprovechar la oportunidad de tenerla.

No sabía claramente qué podía hacer con ese espacio, pero me parecía que el interior de la grieta era como mi propio interior; ahí estaban mis sentimientos e intenciones que se multiplicaban por cinco en el carácter y comportamiento de cada alimaña.

—Nos sentimos solas, Abel –fue lo primero que me dijo Igor.

—No te preocupes, Igor, no voy a dejar la grieta –le respondí paternalmente.

—No entendiste, nos sentimos solas porque no hay nada aquí –dijo Burlas, quien para variar no lanzó una carcajada.

—Tenemos que crear, tenemos que crear –dije para mí mismo.

—¿Vas a poner un jardincito como el de Efraín? –preguntó Igor, al tiempo que todas las alimañas pusieron cara de desilusionadas.

—No, si es un jardín, será nuestro propio jardín, y si es algo más, también será como se supone que debe ser lo nuestro –le respondí con seguridad.

Le eché un vistazo a ese espacio semioscuro, vacío, vaya que había mucho trabajo por hacer.

No sé por qué
se rompió el mundo

Ahora que escribo todo lo que me ha ocurrido en los últimos meses desde que descubrí la grieta, creo que Tania podría ser la persona indicada para platicarle sobre el espacio oscuro; sé que luego de lo ocurrido con Olaguibel y Laura no debo hacerme muchas ilusiones sin antes consultar con la otra persona. Si hay amor, es cosa de dos, pero insisto, Tania tiene madera.

En este momento me encuentro en el autobús que me lleva de regreso al Distrito Federal luego de pasar unos días en Veracruz con mi familia. En dos días comienzan las clases, voy a ingresar a la preparatoria sin deber ni una sola materia de la secundaria.

Dejé la puerta de mi habitación bien cerrada con llave, pegué muy bien el póster del motociclista y le agregué uno de un león y otro de un paisaje, el camuflaje es perfecto, nadie podría sospechar lo que hay detrás.

No sé por qué el mundo se rompió justo en mi habitación, pero de lo que sí estoy seguro es de que ese espacio al interior del hueco es mío, tengo que hacerme cargo de él, aprovecharlo de la mejor manera. Destruí mucho, pero no acabé con todo, tuve tiempo de corregir, y ahora ahí está el espacio, vacío, listo para ser creado y recreado.

Tengo que educar a las alimañas, aunque no sé si ellas me afectan más a mí, porque siento que aún huelo a ajo y no dejo de rascarme el mentón.

Lo que sí está claro es que voy a regresar a la grieta, a mi interior. ¡Hay mucho por conquistar!